メディアワークス文庫

龍の贄嫁〈上〉

碧水雪乃

目　次

序章　5

第一章　巫女選定の儀　9

第二章　青龍様の神隠し　70

第三章　堕ち神の過去　113

第四章　神巫女の権利　188

序章

八百万《やおよろず》の神々に守護されし四季の美しい国、日本。

しかし四季の美しい風景は、干ばつ、水害、飢饉《ききん》、大地震、津波、そして絶え間なく続く戦によって、幾度となく危機に晒《さら》されていた。

人心の移ろいとともに広がる穢《けが》れが国に病を呼び、少しずつ、少しずつ腐敗が広がっていく。

そんな中、腐敗は異形《いぎょう》と呼ばれるおぞましいものを産み、人の子を喰《く》らう怪異《かいい》を育て、そして世に混乱をもたらした。

愛おしい国を憂いた八百万の神々は、地上に〝生き神〟を降ろすことに決める。

選ばれたのは十二柱の神、『十二神将《じゅうにしんしょう》』。

騰蛇《とうだ》、朱雀《すざく》、六合《りくごう》、勾陳《こうちん》、青龍《せいりゅう》、貴人《きじん》、天后《てんこう》、太陰《たいいん》、玄武《げんぶ》、太裳《たいじょう》、白虎《びゃっこ》、天空《てんくう》
――。

平安の世を陰陽師《おんみようじ》である安倍晴明《あべのせいめい》とともに生きた彼らは、人の子の営みをよく知っていた。

人の子と同じ肉体を持ち〝生き神〟となった彼らは、国を守護し繁栄へと導く。

それはすなわち、美しい四季の巡りが国を彩るその裏で、彼らが命と引き換えにおぞましい穢れと戦った証《あかし》でもあった。


時は流れて、現代――。

腐敗より産まれし異形を今も尚《なお》、神々の力でもってして常世《とこよ》に封じ続ける中。

強固な結界が張り巡らされた『神世《かみよ》』と呼ばれる特区に、十二の神々とその末裔《まつえい》は暮らしていた。

神世は神域であり、禁足地である。

しかし神々や末裔である眷属《けんぞく》でなくとも、一部の許された人の子たちだけは、神世に足を踏み入れることができるという。

その代表となる人の子は、神々をそばで支えることを唯一許された存在――〝巫《み》女《こ》〟であろうか。

特別な異能と美貌を持ち崇《あが》められる神々は、穢れの多い現世《うつしよ》で堕《お》ち神とならぬよう、ひとりの巫女を選ぶ。

日本の総人口、一億二千四百万人の中で、霊力が目覚める人の子は一握り。

その中で〝巫女見習い〟となって神の目に留《と》まり、神の巫女として選ばれる者はさらに少数となる。

人の子が神の巫女に選ばれることは、とても名誉なことだった。


——そうして、今。

二十年ぶりに『巫女選定の儀』を迎えた講堂で、軍服のような詰襟の制服を着た青年の革靴の音だけが響いている。

暗闇のような漆黒の髪に、凍《い》てつく氷のごとく冴《さ》え冴《ざ》えと輝く青の瞳。

誰よりも神々しく、けれど冷酷な印象を感じざるをえない恐ろしいほどの美貌の青年——十二神将は吉将が木神〈青龍〉は、うつむくひとりの少女を目にした途端に、ふっと甘い微笑《ほほえ》みを浮かべた。

彼は少女の手を優しく取ると強引に引き寄せて、その勢いのままに胸元で抱きとめる。

「ああ、やっと見つけた。〈青龍の巫女〉……いや、俺の唯一の〝番《つがい》〟」

「…………っ」

「今日から君は俺のものだ。これから先、俺から片時も離れることは許さない。いいな？」

「そ、その……、なにかの間違い、です。私は、巫女見習いでは……っ」

「俺にとって、君が君でありさえすればいい」

彼は少女の意識を絡め取るように、美しい双眸《そうぼう》で見つめる。

そして、そうするのが当然であるかのように唇を奪った。

「嫌だと言うのなら、今すぐ君を攫《さら》って閉じ込める。――神の独占欲を甘くみないことだ」

美しい龍神は青い氷の世界でうっとりと笑う。

彼の甘美な毒を忍ばせた言葉に、少女は静かに息を呑《の》んだ。

神のものとして選ばれし巫女は、末永く神に仕え、神の絶大なる庇護《ひご》のもとで過ごすことになる。

もしも神の巫女に選ばれた人の子が、神のたったひとりの絶対的な愛《いと》しい存在と呼ばれる〝番様《つがいさま》〟として娶《めと》られたならば、深く深く底なしに甘やかされ、そして。

極上の溺愛に包まれる、誰よりも幸福な未来が待っているだろう――。

第一章　巫女選定の儀

百花《ひゃっか》女学院高等部のカフェテリアには、朝から優雅な雅楽の音色が響き渡り、寮生活を送っている生徒たちを出迎えている。

彼女たちが身にまとっているのは、袖が着物のように膨らんでいるアイボリーのセーラー服だ。襟や胸あて、そして袖には蓮華《れんげ》の校章を取り巻くようにして、花鳥風月を表した古風な意匠の刺繡《ししゅう》が深紅の絹糸で施されている。

袴《はかま》のようなデザインのプリーツスカートは膝下ほどの丈に揃《そろ》えられており、艶《つや》めくブラウンのローファーが足元を華やかに見せていた。

雅《みやび》やかな制服姿の少女たちは、思い思いに席に着いて、カフェテリアで提供されている美味《おい》しい朝食を楽しんでいる。

そんな彼女たちを夢中にさせている話題はただひとつ。

本日行われる『巫女選定の儀』についてだ。

「今日は気合を入れてお化粧をしてきましたの。どうかしら、かわいい？」

「わあ、かわいいですわ！　ですがわたくしも儀式の通達があって以来、朝夕の禊《みそぎ》を欠かさなかったので、霊力の清らかさでいったら絶対に負けていませんわ」

「あら？　でしたら私は――」

「ああ、私が神様に選ばれたらどうしよう！」

彼女たちは頬を染めつつ、興奮気味にお喋《しゃべ》りに花を咲かせている。

そんな中。日当たりのいい窓際の特別席から、賑《にぎ》わいに水を差すバチンッと頬を叩《たた》くような音が響いたかと思うと、少女の甲高い金切り声がヒステリックに叫び出した。

「無能な名無しのくせに、神々に仕える私の命が脅かされたっていいっていうの⁉」

頬を力の限り打《ぶ》たれた鈴《すず》は、痛みに震える身体《からだ》を胸中で叱咤《しった》しながら、急いで冷たいリノリウムの床に跪《ひざまず》いて頭を下げた。

「……申し訳ありません、日菜子《ひなこ》様。すぐに口を付けますので、お待ちください」

ここ、私立百花女学院には霊力が発現した〝巫女〟の適正を持つ六歳から十八歳の少女たちが日本各地から集められ、霊力の扱い方や伸ばし方、神々への仕え方や礼儀作法を学んでいる。

その百花女学院高等部内で『現在最も将来有望な生徒』ともてはやされているのが、

鈴の異母妹の日菜子だ。

日菜子はたいそう機嫌を損ねた様子で、椅子の肘掛けに頬杖《ほおづえ》をつく。

もしふたりが一般的な女子高校生であったならば、日菜子は鈴にとって同じ十六歳の姉妹でしかないかもしれない。

だがここでは〝巫女見習い〟と〝使用人〟。

鈴は巫女見習いでもなく、日菜子の使用人としてだけの存在価値が認められて、日本屈指の百花女学院に入学が許可された生徒である。

明治時代に開校され創立百五十年を超える巫女養成機関では、創立以来、同年代の使用人が巫女見習いに付き添って学院に通うのは当然で、巫女見習いである主人の着付けや授業の準備、衣服の洗濯、寮や教室の掃除などを日々担う。

巫女見習いが研鑽《けんさん》に励めるよう、側仕《そばづか》えとして全力で陰ながらサポートするのが務めだ。

いくら同じ春宮《はるのみや》家という、神々から四季姓を頂戴した名家に生まれた姉妹であろうと、主人である日菜子の命令に使用人の鈴は逆らえない。

その上、日菜子は艶めく栗色《くりいろ》の巻き髪と抜群のスタイルが自慢の、華やかな美人。対して鈴はといえば、パサついた艶のない灰色の髪に、青白い肌、触れたらぽきりある。


と折れそうな儚《はかな》い身体しか持ち合わせていない。

姉妹の格差は、誰から見ても歴然としていた。

しかも鈴は、幼い頃から春宮家当主によって真名《まな》を剥奪《はくだつ》されて育った〝名無し〟である。

真名を剥奪されるなど、あり得ないことだ。

明治時代から百五十年以上変わらず閉鎖的な女学院内で、『相当な大罪を犯したに違いない』と人々に揶揄《やゆ》される鈴の存在価値は、ただの使用人よりももっと低い。

「見て。またあの名無しの使用人が、日菜子様のご機嫌をそこねてるわ」

「過去におぞましい罪を犯した罰が日菜子様の使用人になることなら、逆に天国よね」

「本当よ。あの美しくて気高い日菜子様のおそばにいられるんだから」

「もしもわたくしが使用人でしたら、あんなヘマはしませんのに。日菜子様がかわいそうですわ」

「ええ、まったく。名無しを使用人に迎えた日菜子様は、本当に懐が深くていらっしゃいます」

今この時も、カフェテリアにいる巫女見習いたちだけでなく他家の使用人たちでさえもが、鈴の行動をクスクスと嘲笑《あざわら》っている。

この業界で強い権力を誇る春宮家の優秀な令嬢と、衣食住を約束され学校にも通わせてもらえている幸運な使用人のやりとりに、口を挟むような教師はいない。

名家ともなれば女学院への寄付金額も莫大《ばくだい》なものになる。

時代錯誤な校風や使用人の存在に対して疑念を感じる心のある教師たちがいたとしても、平穏に人生を終えるために、そして自分自身の家族を守るために、誰もが見て見ぬ振りをするしかなかった。

「毒味はあなたに任された大役なの。さあ、名無し。特別な食事なのだから、味わって食べるのよ？」

好奇の目に晒され、クスクスと嫌な笑い声が聞こえる中——表情を無くした鈴はうつむいたまま、まるで家畜に与える餌のように床に放置された木製の粗末なお皿にそっと視線を向ける。

日菜子のテーブルに配置された銀製のトレーに載せられているのは、さながら高級ホテルの朝食だ。

色鮮やかなエディブルフラワーと季節の葉野菜で彩られた、サーモンとホタテのマリネ。オマール海老《えび》を贅沢《ぜいたく》に使った濃厚なビスクには湯気が立ちのぼり、黄金に輝くとろとろのオムレッツからはトリュフの芳醇《ほうじゅん》な香りが漂う。

本日のメインは、宝石のように輝く真っ赤な苺《いちご》とブルーベリーが上品に飾られている、三段重ねのふわふわなパンケーキだ。

使用人が給仕するための銀製のコーヒーポットには、丁寧に『本日の珈琲豆《コーヒー》』の産地と品質を示すカードが添えられていた。

これは各学年の首席の生徒にカフェテリアが提供しているもので、他の巫女見習いよりも何倍も豪華な朝食である。

この朝食だけでなく、昼食、夕食も伝統に従い学年首席にのみ豪華な食事が提供されている。百花女学院高等部は一般高校と同じく三年生が最高学年なので、二学年首席の日菜子の他にもふたりの生徒が同じメニューを食べていることになる。

そうでなくても四季姓を名乗る春宮家の令嬢として、日菜子は特別視される存在なのだが、彼女の前に運ばれてくるキラキラとした食事も、他の生徒たちの羨望の的だった。

しかし、鈴の朝食はといえば。

毒味という名目で、すべてのメニューからひと口ずつを、日菜子の手によってぐちゃぐちゃにかき混ぜて盛られたものだけ。

どんなに努力して命令を誠心誠意こなしていても、わがままでヒステリックな日菜子の命令が尽きることはない。

それをすべてこなしていたら、いざ使用人用の食堂へ赴いた時には、全員に等しく提供されているはずのサンドイッチやお弁当にはまずありつけないからだ。

「あら？　もしかしてまだ毒味用のコーヒーを淹れてなかったかしら？」

わざとらしくとぼけた表情をした日菜子が、優雅にコーヒーポットを傾ける。

高い位置から傾けられたポットの口からは、熱い液体がどぼどぼと毒味用の皿に向かって注がれた。

（っ…………）

ぱたぱたと飛び散った水滴が、鈴の頬を汚す。

頬を伝った液体は首筋を通り、鈴の制服の襟元に茶褐色の染みを作った。

（……文明が発達しているこの現代日本で、本当の意味での毒物を盛る生徒なんて、いるはずもないのに）

そんなことがあったら、すぐに警察沙汰だろう。

百花女学院が警察に通報してくれれば、だが。

そうでなくても、毒物を回避したいのなら、銀製の食器を毒味役の使用人にも使わせる。

　過去に巫女を多く輩出してきた春宮家の令嬢ともなれば、当然の知識だ。

　しかし日菜子は銀食器を使用せず、粗末な木製の食器をあえて鈴に使わせている。

【銀は毒を退け】

【五彩は呪詛《じゆそ》を祓《はら》う】

【木椀《もくわん》に罪偽り無し】

　それは皮肉にも、神々に仕える者たちの間で昔から言い伝えられている言葉に則《のっと》ったものだった。

　言葉の本来の意味は、『銀製の器は毒があれば変色する。神聖な土で造った五彩の磁器は呪詛があればひび割れる。木製の器にはどちらの効果もないが、それを差し出す者にもともと悪意はない』というものだ。

　だが、霊力を操る巫女見習いを育成する百花女学院で、言葉の意味をそのまま信じる者はいないだろう。

　清らかな霊力は時に、呪詛をかけるために使われる。

（……どんなに呪詛が盛られていようと、変色したり割れたりしない木製の器では、結局なにもわからない）

つまりは、そういう意味なのだ。

たとえ毒や呪詛が含まれていたせいで異母姉の鈴が苦しもうと、日菜子にとってはどうだっていい。

木製の器を差し出す日菜子自身に悪意はなく、ただ過去に大罪を犯した無能な名無しに仕事を与えている心の広い主人――というのが、日菜子が作り出す他の生徒への印象だった。

（……日菜子様よりも先に春宮家に生まれてきたことが私の犯した大罪だというのなら、せめて、どこか遠くへ捨ててくれたらよかったのに）

鈴の母は『神嫁になるのでは』と名前が挙がるほどの女性だったらしいが、春宮家との政略結婚が決まり、輿入《こしい》れして鈴を産んで程なくして亡くなった。

父は母への情の欠片《かけら》もなかったのか、その数日後には愛人だった継母《ままはは》と結婚。

すでに身ごもっていた継母は、鈴の母と一ヶ月違いで日菜子を出産した。

鈴の最も古い記憶は、六歳の頃。

祖父と父と継母に囲まれ、真名を剝奪されたあの儀式の時だ。

『春宮鈴――。今よりお前の魂に刻まれし真名を剝奪する。これより先は〝名無し〟として、日菜子のために生きるのだ』

『恨むなよ、名無し。こうなったのも、日菜子より先に生まれてきたお前のせいだ』

『ああ、あなた！　これでわたくしの可愛《かわい》い日菜子が、春宮の名を背負う巫女になれるのですね……！』

空中に真名が浮かび上がり、呪術式とともに呪符に封じられる。

その瞬間、鈴に関わったことのある人々の記憶からも鈴の真名が消失したらしい。

以来、鈴は『霊力の欠片もない、無能な名無し』となじられ、春宮家で虐げられ続けている。

背中にはその時の術式が、今も大きく刻まれていた。

……あの日、なぜ突然真名を剝奪されたのかはわからない。

疑問に思い、幼い頃には何度も祖父や父へ尋ねてみたこともあったが、それらはすべて『口答えは許さん』という一言で無視され、ひどい時には『くどい』と頬を叩かれて終わりだった。

だから鈴が知る真名剝奪の理由は、父が儀式の最中に言っていた言葉のみだ。

剝奪された真名は、あれから十年経過した今も誰かに握られている。

それが祖父なのか、父なのか、はたまた日菜子なのか。鈴にはなにもわからない。

真名を握られるのは魂を摑《つか》まれているのと同じだ。

鈴の与《あずか》り知らぬところでなにをされるか、想像するだけで恐ろしい。

かと言って、結界の張り巡らされた春宮家の敷地《しきち》からは家出もできない。

ただひたすら異母妹に、家族とも呼べぬ家族に傅《かしず》くしかなかった鈴は、それでもこうして義務教育を経て高校に通わせてもらっているのだから……と、震える指先をきゅっと握りしめて、再び額《ぬか》ずくしかなかった。

（日菜子様のお皿だけでなく毒味用のお皿にも、黒い靄《もや》が立ち上ってる。わざわざ毒味なんてしなくても、この朝食に呪詛が仕込まれているのは明らかなのに……どうしていつも配膳されてしまうんだろう）

霊力の無い無能な鈴に、呪詛を祓うことなどできない。

そのため今日も鈴は、『日菜子様、こちらのお食事には――』と、すでに朝食に呪詛がかけられていることを伝えようとしたのだが、『また呪詛が視《み》えるだなんて嘘《うそ》をつく気!? どうせ毒味をしたくないだけでしょう!?』と、日菜子の機嫌を損ねるだけで終わってしまった。

『違います、本当のことです……っ。このお食事はとても危険で……！』

勇気を振り絞ってそう言い募ったところ、頬に平手打ちをされてしまった。

呪詛が視える瞳を持つ者は、巫女の中でもひと握りだと聞く。

日菜子の口ぶりからするに、この黒い靄は鈴以外には視えていないのかもしれない。

（……呪詛を受けすぎた代償のようなものなのかな）

そうだとしても、カフェテリアのシェフは百花女学院卒業生だけで構成されているし、配膳係も百花女学院に通っている生徒たちによる学内アルバイトだ。どこかで誰かが異常に気がついていてもおかしくない。

だがいつだって、呪詛がかけられた食事は日菜子のもとへ届けられる。

誰よりも潤沢な霊力を持っていると評価されている優秀な日菜子であれば簡単に祓えそうなものだが、彼女は十年前に『霊力を無駄に使いたくないわ』と言い放って以来、ずっとその行為を嫌がっている。

というのも、仕込まれた呪詛を祓って術者を炙《あぶ》り出す一番簡単で便利な方法が……鈴が日菜子の身代わりとなって、このまま呪いを受けることだからだ。

あらゆる恐怖を盛り合わせたようなお皿を前に、これから自分の身に降り掛かる最悪の事態を想像して、鈴の顔は蒼白《そうはく》になった。

「何をしてるの？　早くしてくれないと、名無しのせいで朝拝《ちょうはい》に遅れてしまうわ。名無しは無能だから、神々へのご挨拶を奏上《そうじょう》する大切さがわからないのでしょうけど」

華やかな化粧をして美しく着飾った日菜子の言葉に、周囲からはクスクスと鈴を嘲笑する忍び笑いが聞こえてくる。

木製の食器にごちゃ混ぜに盛られている朝食の禍々《まがまが》しい様子に、鈴は唇を真一文字に引き結び、ゴクリと緊張や恐怖を呑みこんだ。

「ちょ、頂戴いたします」

床に跪いたまま、深く息を吸い込んでから意を決して礼をし、カタカタと震える指先で箸を持つ。

ごちゃ混ぜにされて、なにがなんだかわからない食べ物に、鈴は恐る恐る口をつけた。

(う…………)

ぐちゃぐちゃの食感が、ただ気持ち悪い。

咀嚼《そしゃく》したところで味なんか感じない。

毒味のしすぎで、鈴は味覚をとうの昔に失っていた。

もし本物の毒が盛られていたら、最悪の事態は免れないだろう。

(見た目は禍々しいのに、舌を焼き切るような感じはない……？　これなら見た目よりも弱い呪詛なのかも。良かった、今日は苦しまずに済むかもしれない)

鈴はわずかにホッとしながら、冷え切っていた食べ物を嚥下《えんげ》した。

——刹那。ありえない熱さが喉を焼く。

「う、う……っ！」

カラン、と床に木製の食器と箸が転がる。

鈴はその場にどさりと崩れ落ち、喉を両手で押さえた。

日菜子の朝食に仕込まれていた呪詛が喉を通り、食道を通り、胃に落ちる。

火傷《やけど》をするような灼熱《しゃくねつ》が肌の上を這《は》いずりまわり、血液を沸騰させた。

「ふーっ、ふーっ」

息もできないほどの痛みに涙が溢《あふ》れる。

その瞬間、左手の甲が黒炎《こくえん》で炙《あぶ》られ、呪詛を仕込んだ術者の名前がジリジリと音を立てて現れながら焼きついた。

（……っ、どうして……）

「まあ！　私の大切な名無し……！　大丈夫？　身体は平気？」

日菜子はわざと大げさに驚き、傷ついた様子で鈴を見下ろす。

呼応するかのように、カフェテリア内はざわざわと騒《ざわ》めきだした。

「誰が日菜子様に呪詛を……」

「怖いわ、学年首席に呪詛をかける生徒が今ここにいるってことでしょう？」

「まさか日菜子様が、『巫女選定の儀』に出られないようにするために？」

生徒たちは怖がるばかり。床に倒れたまま静かに涙を流しながら苦しみに悶《もだ》えている鈴には、誰も手を貸さない。――カフェテリアの二階席に座っていた、背の高い少女を除いては。

長い黒髪を高く結い上げたハンサムな少女は制服の裾をはためかせながら、パルクールの要領で二階から一階へ飛び降りてくると、すぐさま鈴へ駆け寄った。

「大丈夫かい⁉　名無し、今すぐ治療を……ッ」

「……旭《あさひ》、様」

彼女は真っ青な顔で鈴を抱き起こすと、「〝祓え給《たま》い、清め給え、我が身にその呪詛を移し、この者の身を守り給え〟」と一心不乱に祝詞《のりと》を紡ぐ。

その様子を日菜子は『興醒《きょうざ》めだわ』とでも言いたげな様子で席に座ったまま眺めていた。が、すぐに悲しむそぶりを演じながら、「名無し、それで相手は誰なの？」と、旭と呼ばれた少女の腕の中で息も絶え絶えの鈴へ聞く。

（……どうしてなのですか）

旭の祝詞のおかげで呪詛の痛みが引いていく中、鈴は唇を嚙《か》みしめる。

（この十年間、彼女の存在はどこか心の支えだった。巫女見習いの生徒も使用人の生徒も、すべてを平等に見てくれる……正義感の強い方）

『名無し。今日はクレープワゴンが来ていただろう？　さあ、誰にも秘密だよ』

『で、でも。私、いただけません』

『生徒会長たるもの、生徒の健康には気を配りたいんだ。これっぽっちじゃ、足りないかもしれないけれど』

百花女学院の校庭には、放課後になると日替わりで有名店のカフェワゴンがやって来る。

彼女は狙ったように鈴がひとりでいる時にふらりと現れては、生クリームとチョコレートたっぷりの苺クレープを差し入れてくれた。

あいにく、味はもう覚えていないが……。

鈴の磨耗した心が、その時ばかりはそっと掬《すく》い上げられた気がして、嬉《うれ》しかった。

（……この方が術者だと信じたくない）

けれど〝無能な名無し〟として鈴が唯一できることのひとつが、真名剝奪の儀式の最中に祖父によって施された、背中の術式による〝呪詛破り〟だ。

今まで生きてきた中で、爛《ただ》れた傷痕として身体のあちこちに刻まれていく犯人の名前が間違っていたことなど、一度もなかった。

だからこそ。この事実が受け入れ難《がた》く、胸が締め付けられて苦しくなる。

(けれど……助けていただいた時間は、本物だった。……ご恩を、お返ししなくちゃ)

掛けられた呪詛の痛みは引けど、なおも続く呪詛破りの痛みに震えながら、鈴は日菜子の目を見ずに、「……わ、わかりません」と消え入るような声で口にする。

しかし。

「わかりません、ですって？　わからないはずないでしょう？　……もういいわ。見せなさい名無し！」

そう叫ばれて、咄嗟《とっさ》に左手の甲を隠す。

「使用人ごときが主人の命令に背く気!?」

日菜子の怒気が膨らむと同時に、鈴の左手が再び黒炎で炙られる。

「ううう っ……！」

身体に刻み込まれた呪詛破りの術が、鈴に牙を剝《む》く。主人の命令に背いた罰だ。

「無能な名無しのくせに、過去の重罪に飽き足らずさらに罪を重ねるとはね。さすがの私も、もう許すことはできないわよ？」

「ぐ、うっ……」

早く術者の名を言えとばかりに、激痛が鈴の喉を締め上げてくる。

「さあ、早く。早く言いなさい、名無し！」

(痛みのせいで、息ができない……！　ご恩をお返しできず、申し訳ありません……っ)

旭の腕に抱き起こされ支えられながら灼熱の激痛に耐え続けていたものの、限界を迎えた鈴は……悲しみと苦しみに新たな涙をこぼしながら、日菜子を見上げる。

「こ、こちらの、呪詛は…………──夏宮《なつのみや》旭様の、ものです」

犯人の名前を聞こうと静まり返っていたカフェテリア内に、鈴のか細い声は思いのほかよく響いた。

ハッと、誰かが息を詰める音がする。

三年生の首席をおさめる夏宮旭の名前に、騒めきが一層強くなる。

夏宮家の長女は四季の名を冠する名家に相応《ふさわ》しい人格者と評判だった。

それが、なぜ、と。

「そう、夏宮」

日菜子は言葉にしながら、見下したように顔を歪《ゆが》ませる。

「ふふっ。名無し、ご苦労様。朝拝前に少し忙しくなりそうだわ」

日菜子は嫋《たお》やかにクスクスと笑って目の前で鈴を抱き起こしていた長髪の少女をすっと見据えた。

「もちろん先に学院長室へ行って、待っていてくださいますよね？　夏宮生徒会長？」

「……ああ」

旭はすべてを諦めたように笑うと、「すまないね」と一言だけ鈴に向けて呟《つぶや》く。

「霊力の細部まで緻密《ちみつ》に計算して、彼女に向けた呪詛を確実にかけた自信があったんだけれど……勉強不足だった。こんなはずじゃなかったのに。……君に、迷惑をかけたね」

旭は壊れ物に触れるかのように、鈴の頬に手を添える。

そして彼女は名残惜しそうに鈴から離れると、彼女の使用人とともにカフェテリアを後にした。

「はぁ……。この朝食はもうダメね。名無し、新しいものを作ってもらうようにシェフへ頼んできてくれる？」

「……はい」

「日菜子様、私たちが先にシェフに頼んでおきましたわ！」

「こちら新しい朝食をお持ちしました！」

「毒味の必要がないように私たちで祈禱《きとう》いたしますわね！」

日菜子の取り巻きをしている巫女見習いの少女たちが我先にとやってきて、その使用人が新しい朝食のトレーをテーブルに置いていく。

日菜子は「ふふふっ、ありがとう。有能なあなたたちの姿勢を、うちの名無しにもぜひ見習ってほしいものだわ」なんて笑ってから、湯気の立つ作りたての朝食の前で両手を合わせた。

「ちょっと、名無し。いつまでここにいる気？　早く着替えて準備をしてきてちょうだい。ボロボロの使用人を連れてたら、主人の私が神々に疑われるわ。そんな薄汚れた制服で今日の儀式に来たら許さないんだから」

「……はい、日菜子様」

鈴は震える両脚に必死に力を込めて立ち上がって頭を下げてから、その場を離れる。

満身創痍《そうい》の状態で向かう先は、学生寮。

日菜子の部屋の隣に作られた、使用人用の小さな部屋だ。

（制服を着替えたら、すぐに講堂へ行かなくちゃ）

医務室を使用人が使うためには、主人の許可がいる。けれども、日菜子から許可が下りたことは過去に一度もない。

だから鈴はなにがあっても、医務室で手当を受けたためしがなかった。

部屋に戻った鈴は粗末な箪笥《たんす》から包帯を取り出すと、爛れた左手の甲に手早く巻きつける。

使えなくなった衣服から切り出して手作りした包帯は、洗濯しながら何度も使っているせいでボロボロだが、これしかないのだから仕方がない。新しい傷は血が滲《にじ》んでいるので、ないよりは少しマシだった。

それから予備の制服に着替えるために、急いで汚れた制服の上着を脱ぐ。

（もしも今日、日菜子様が神様の巫女に選ばれたら……私は、どうなってしまうんだろう？）

神に選ばれた巫女様と、ただの使用人として、もっと辛《つら》く当たられるだろうか？

それとも……。それとも、少しは人間として真っ当に扱ってもらえるようになるだろうか……？

（……どちらにしろ、いつか真名を返してもらえるように一生懸命頑張るしかない。お母さまからもらった命を、自分だけは、大切にしたいから）

使用人部屋に設置された安っぽい姿見に映った鈴の素肌には、これまでに呪詛をかけてきた術者の名が、赤黒い傷となっていたるところに刻まれていた。


普段なら一限目が開始する頃——。

百花女学院の講堂には、全学年の生徒や教師たちが集まっていた。

『巫女選定の儀』を前にして、講堂には静かなざわめきが広がっている。

それもそのはず。神々が自分にとって唯一となる巫女——〈神巫女《かみみこ》〉を選ぶこの儀式が行われるのは、まさに二十年ぶりなのだ。

この二十年間、巫女見習いになった少女たちは神々に選ばれる機会すら与えられず百花女学院を卒業し、〈準巫女《じゅんみこ》〉として様々な職に就くことになった。

しかし今ここにいる少女たちは、誰もが『もしかしたら私が』という夢を見る機会に恵まれたのだ。それだけでも幸運なことと、卒業生の誰もが思うだろう。

なんと言っても、霊力のない一般人たちからも強く憧れを抱かれている儀式だ。

神の巫女に選ばれて、もし、もしも、自分がその神と生まれる前から運命を約束された〝番〟であったならば——。

神の命よりも大切な妻として娶られ、一生涯、誰よりも大切に溺愛されて生きることになる。

神々は人智《じんち》とかけ離れた絶世の美貌を持つだけでなく、その出自と家柄ゆえに、将来的には誰からも羨望されるような高い社会的地位に就くことが約束されている。

さらには、まるで魔法としか喩《たと》えようのない特殊な力である〝異能〟を操るらしい。

時には、そう、大切な番だけを守るために。

そんなすべてが理想的で完璧な神に、たったひとりの人の子が底なしに甘く甘く愛されるなんて。

見目麗しい神々と共に過ごせる〈神巫女〉は少女や女性たちの憧れの職業で、御伽《おとぎ》噺《ばなし》のような極上の幸福と深愛を一身に受けるかもしれない〈番様〉は、多くの女性がその立場に立った自分を想像したくなる特別な存在だった。

報道や新聞各社の記者は立ち入り禁止とされているが、この儀式の開催自体は政府の会見で発表されている。

ワイドショーや新聞の一面、それに各種雑誌は、過去に公表されたことのある神の巫女や番様の話題でもちきりだ。

それほどの大きな話題性を持つ『巫女選定の儀』が、どうして二十年ぶりに行われることになったのか。

それは神々と呼ばれている十二神将の幾人かが、〈神巫女〉を欲しているからに他ならない。

神々の子孫——眷属と呼ばれる者たちは神世に多く暮らしているが、十二神将の力を受け継ぎ生まれる神は一代にひとりきり。先代の十二神将が亡くなると、それから数年、時には数十年後に新たな十二神将が生まれる。

そのため二十年前にあった『巫女選定の儀』から数年後に生まれている今代の神々は、多くがまだ〈神巫女〉を持っていなかった。

神々の意志で選んだ〈神巫女〉がいない場合、神々の存在を守るために政府はいくつもの法律を定めている。

たとえば、元服していない十五歳未満の神々が現世へ降り立つことは禁止である。

過去にあった事件などから制定された法律だ。

そうなると〈神巫女〉を持っていない神々が存在しても、彼らが元服するまでは『巫女選定の儀』が行われることはない。

だが今年は、神々やその眷属たちが通う〝神城學園《かみしろがくえん》〟から政府と百花女学院へ、【神託の結果、卯月吉日にて『巫女選定の儀』を執り行う】と二十年ぶりに書面での通達が来た。

そこで初めて、日本全国に周知されることとなったというわけだ。

神城學園高等部には、現在七人の〈神巫女〉を持たない神々が在籍しているという。先の戦争による穢れで命を落とした神々が多かったのが原因の一端だが、ひとつの年代にこれだけの神々が揃うのは非常に珍しい。

その事実に対し百花女学院の学院長は、『国の穢れが深刻化しているのでしょう。同時に、神々をお支えできる有能な巫女見習いが、ここに存在しているという意味です』との見解を述べていた。

（よかった、まだ始まってなかったみたい）

他の生徒たちよりも少し遅れて講堂へ到着した鈴は、周囲の状況を見回してホッと胸を撫《な》でおろす。

剝《む》き出しの黒い岩が並ぶ壇上に建てられた荘厳な朱丹《しゅたん》の鳥居――神世と現世を繫《つな》ぐ境界の向こう側に、立つ者はいない。

明治時代に建築されたこの講堂は、神々を最初に迎える場所として絢爛豪華に造られた。

格式高い折り上げ格天井《ごうてんじょう》の格縁《ごうぶち》は古代朱で漆塗りが施され、格間《ごうま》には四季の花々が描かれた金箔が張られている。

並び立つ十二の鳥居の奥には室内にもかかわらず立派な滝があり、その周囲にはごつごつとした岩肌が壁のように広がっている。三層吹き抜けの高い格天井からは、蓮華の花を模した硝子照明の白光が、滝の清流を厳かに照りつけていた。

ざあぁぁと音を立ててとめどなく落ちている清水は、透明な滝壺《たきつぼ》に流れ込んでいる。揺れる水面には、今はまだなにも浮かんでいない。

舞台の上座にある鳥居から下座に向かっては、滝壺から続く水路が左右に流れている石畳の参道がまっすぐに伸びている。御影石《みかげいし》の敷き詰められた石畳の距離は、随分と長い。さながら歌舞伎の花道のようだ。

参道から一段下がった場所、その左右の一列目には、胸を張って微笑みを浮かべる日菜子や、霊力の高い巫女見習いの生徒が並び、今か今かと時を待っていた。

「先ほど夏宮生徒会長は自主退学されたそうよ」

「日菜子様を呪わなければ、あの方も選ばれたかもしれないのに」

「きっとライバルを蹴落としたかったんだわ。三年生だもの、これを逃したらもう神々に会う機会もないでしょうから」

「そう言えば、社交の席で眷属のご令嬢たちに凄《すご》く人気が高い氷の貴公子様も、今回の儀式にご参加なさるそうよ」

「まあ！　でも氷の貴公子様は冷酷無慈悲で人嫌いというお噂《うわさ》だけれど……」

「きっとご自分の巫女だけは特別なはずだわ。あれだけの人気ですもの、いったいどのような方なのかしら！」

「それよりもあの噂を聞いた？　——今日は堕ち神様もいらっしゃるんですって」

「お、堕ち神様も？　怖いわ……。その方だけには選ばれたくないわね、穢れそう」

使用人でしかない鈴はできるだけ気配を消して、末席に並んで噂話に興じる巫女見習いの生徒たち、そして使用人たちの人垣の後ろに静かに並ぶ。

良家の子女は神世と現世の境で催されるパーティーに出席する機会もある。日菜子も祖父や両親と一緒によく出かけていた。その時に数人の巫女見習いが見聞きした噂話が、末席のここまで広がってきているのだろう。

でなければ、神域でもある神世に住まう神々の情報を、一般家庭出身の巫女見習いたちが知るよしもない。

未成年の神々の情報はすべて秘匿されている。成人した神々は顔見せなどがあるが、稀《まれ》にいる芸能活動をしている類《たぐい》の神でなければ、学生のうちに現世へ情報が漏れることはない。

まあ、人の口に戸は立てられないので、まことしやかに囁《ささや》かれることは多々あるようだが。

「堕ち神様は、生贄《いけにえ》の血を吸うんですって。それで神としてのお力を取り戻すそうよ」

「そのお話、〈準巫女〉をしていたお祖母様から聞いたことあるわ。生贄はそのまま亡くなったって」

（もしも日菜子様が堕ち神様に選ばれたら、きっと、私が生贄にされて……——日菜子様はお力を取り戻した神様と幸せに暮らすんだろうな）

鈴はなんとなくそう思って、諦めに似た気持ちですっと目を閉じる。

霊力が最も強い日菜子が、最も霊力を欲しているだろう堕ち神に選ばれないわけがない。

堕ち神を穢れから浄化した日菜子は、きっと神々に祝福された陽向《ひなた》の道を行く。

その時、鈴は、この世にいないだろう。

（どれだけ生きていたくても、私の命を握っているのは……結局いつだって、春宮家だから）

「——静粛に」

厳しさに満ちた学院長の声が響く。

巫女装束に身を包み、ぴしりと長髪をひっつめている還暦を迎えた背の高い女性が、生徒たちが並ぶ上座近くに立った。

「本日、二十年ぶりに行われる神聖な儀式を、心待ちにしていた巫女見習いたちが多くいることでしょう。一年生、二年生、三年生と学年を問わず、神様に選ばれた者だけが、本日から〈神巫女〉としての一歩を踏み出します」

しんと静まり返った講堂が、学院長の言葉によって緊張感で満ちていく。

「〈神巫女〉になった巫女見習いは当女学院の特別科に編入し、卒業まで神の巫女としてのしきたりやいろはをしっかりと学んでいただきます。主人が〈神巫女〉に選ばれた使用人科の方も、これまで以上に忙しくなることでしょう」

鈴はごくりと息を呑む。

忙しいだけならまだいい。

それ以上のことがあったらと思うと、さあっと血の気が引いていく。

「約四十年前、わたくしがここで先代の天空様に選ばれ、〈天空の巫女〉となった日のことを昨日のように思い出せます。わたくしがそうであったように、きっと皆さんも緊張や不安で胸がいっぱいでしょう。皆さんは巫女見習いとして日々励んでいます。神々の皆様への敬意と畏怖を忘れずにいることで、立派な〈神巫女〉になれるとわたくしは信じています」

学院長の挨拶が終わると、生徒たちから静かな拍手が送られた。

その拍手が終わると、ますます緊張の糸がぴんと張りつめられ、講堂に満ちる空気がガラリと変わる。

すると、待っていましたとばかりに日菜子が一歩進み出た。

「御神楽舞《みかぐらまい》、奉納！」

日菜子の声を合図に、左右に造られた神楽殿には緋色《ひいろ》の長袴に白衣、千早と呼ばれる特別な衣装を身にまとった十二人の巫女見習いたちが、ふた手に分かれて次々に上がっていく。

彼女たちは今日のために行われた『巫女神楽』の実技試験において、各学年で優秀な成績を収めた巫女見習いだ。

十二の神々が生き神様として降り立った頃より受け継がれている演目は、伝統的で特別な乙女舞である『百花の舞』。

額には天冠をかぶり、各々が神楽鈴を手に優美に舞いながら、これから神々をお呼びする神聖な場を清めていく。

龍笛、和琴、鳳笙《ほうしょう》による優雅な調べを演奏するのは、雅楽部に所属する巫女見習いたち。

その奉納は実に数分間に渡った。

シャラシャラシャラと神楽鈴が幾重にも重なるようにして鳴り響いたのを最後に、御神楽舞の終焉《しゆうえん》が告げられる。

いよいよ全校生徒たちの視線が、今もっとも〈神巫女〉に近い存在となった日菜子のもとへと集まった。

日菜子はいかにも『本日の主役は私よ！』と言わんばかりの我が物顔で拝礼して見せてから、拍手《かしわで》を打ち鳴らす。

「〝神世に座《おわ》す十二の神々、御照覧《ごしようらん》ましませ！〟」

本来ならば三年生の首席である夏宮旭が務めていた祝詞の一言目。

それを唱えられた日菜子は、高揚感でいっぱいだった。

日菜子に続くようにして、巫女見習いたちが皆タイミングを揃えて、丁寧に頭を下げて拝礼をし拍手を打つ。

そして毎朝お祈りの際に唱えているのと同じ祝詞を奏上するため、すうっと息を吸った。

「〝ご照覧ましませ！　十二の神々を尊み敬いて、真《まこと》のむね一筋に御仕え申す。尊き四季幸いを成就なさしめ給えと、恐《かしこ》み恐み白《もう》す〟」

日菜子や幾人もの少女たちの声が重なり、講堂に溶ける。

祝詞に呼応するかのように、鳥居の向こうにある滝が、明らかに照明ではない白光の煌《きら》めきを帯び始めた。

清水が滝壺に落ちる間際、水面に集まった光が蕾《つぼみ》の形になり、滝壺に流れ落ちながら次々に大輪の花を咲かせていく。数多《あまた》の花々が咲き誇る様子は、まさに百花《ひやっか》繚乱《りょうらん》という言葉が相応《ふさわ》しい。

これが百花女学院の校名の由来である。

巫女見習いたちの霊力はこの清らかで穢れのない滝によって、ひとりひとり、色や形、大きさ、種類が異なる様々な花の形をとる。

滝壺の水面に浮かんでいる、一際大きくて目立っている赤い牡丹《ぼたん》の花が、日菜子の霊力の象徴だ。

（綺麗《きれい》……）

祝詞とともにこの滝に集まり花の形をとった霊力は、霊力の欠片もない無能な鈴にも見えている。きっと一般人もここに来る機会があれば、この幻想的な『百花の滝』の壮麗さに感動することだろう。

この『百花の滝』で花々の形をとった巫女見習いたちの霊力は、神城學園にある『百花の泉』にも、同じように届いているという。

神々はその泉に咲いた花の霊力を時に手に取り、時に感じながら、自らの巫女を決めるのだそうだ。

つまり、今から現世のこの場へやってくる神々は、すでに心を決めているかもしれないということで――。

シャン、シャン、シャン……と、神々のお出ましを待つ神楽鈴の音が響く。

巫女見習いたちは強く祈るようにして、自分の霊力を注ぎ続ける。

シャン、シャン、シャン――！

神楽鈴の音が一際大きく鳴り響いた、その時。

まばゆい光が立ち込めたかと思うと、鳥居から逆光に照らされた数人の人影が光り輝く水簾《すいれん》を通り歩み出てきた。

背格好からするに、青年だろうか。

彼らの後ろには斎服姿の男たちが続く。

斎服姿の男たちは皆、蔵面《ぞうめん》――長方形の和紙に白絹を張った異質な面で顔を隠していた。

白絹に黒々とした墨ではっきりと描かれている紋様は、〝雪輪に麻の葉〟。

生き神として降臨した十二神将と神聖なる神世を表すと言われている紋様だ。

「これより『巫女選定の儀』を執り行う」

背の高い、声を聞くに五十代くらいの蔵面の男が高らかに宣言し、滝を背にして立つ。

それに従うように、他の蔵面の男たちが滝の前へ門番のごとく立ち塞がった。

彼らはこの儀式を神世側から執り行う者たちだ。〝雪輪に麻の葉〟の紋様の通り、神城學園の関係者である。

その間にも、神々らしき人影たちがいくつもの鳥居をくぐり抜けながら、百花女学院の生徒たちが待つ方へと歩みを進めてくる。

そしてこちら側に近づいてくるにつれて、鳥居で隠れていたこの世のものとは思えぬ美貌を持つ彼らの姿が露《あら》わになる。

その瞬間、講堂内にいた巫女見習いや使用人の少女たち全員が息を呑んだ。

（なんて、綺麗な方々……）

青年たちは皆、軍服のような黒い詰襟の制服を身にまとっていた。

襟や肩、袖口に施された金糸の巧緻な刺繍、物々しい雰囲気を醸し出す重厚な金の装飾具、そして臙脂《えんじ》が差された胸元に輝く校章。そのどれもが、彼らの高貴さをより一層ひきたてている。

末席の人垣の後方にいた鈴には神々の姿は遙《はる》か遠くに見える程度であったが、この世のものとは思えぬ美貌を持つ彼らの存在感に圧倒されてしまう。

一瞬だけでも神々の姿を目にできたことは、鈴の人生の中でもっとも幸福な時間と言えた。

鈴がその幸福を嚙《か》みしめている時も『巫女選定の儀』は進み、この世のものとは思えぬ美貌を持つ青年たちは鳥居が立ち並ぶ石畳の正中を進みながら、巫女見習いたちが待つ場所へと降りてくる。

その中でも、巫女見習いの少女たちの目をひときわ惹《ひ》きつけたのは、まっすぐに前だけを見つめ先頭を歩いていた、絶世の美青年だ。

――それはまさに、恐ろしいほどに美しい男だった。

暗闇のような漆黒の髪に、凍てつく氷のごとく冴え冴えと輝く青の瞳。

長い睫毛《まつげ》に縁取られた切れ長の二重《ふたえ》瞼《まぶた》の目元は鋭く、すっと通った鼻筋と形の良い薄い唇と合わせて、冷酷な印象を感じざるをえない。

他の神々とは違い彼だけが黒革の手袋をつけているのも、周囲の存在を拒絶しているかに思えて、近寄りがたい雰囲気を醸し出している。

身長は百八十センチを超えているだろうか。

細身だけれど、腰の辺りはほどよく引き締まっており、制服の上からでも筋肉の均整が取れていることがわかる。

どこか威圧的ながらも、老若男女を惑わせる色気を放つ容姿は、誰よりも神々しい。

彼こそが、冷酷無慈悲と名高い〝氷の貴公子〟なのだろう。

まるで最高傑作と呼ばれる彫像のごとく完璧な美しさを携え、堂々と歩みを進めている彼に、全ての巫女見習いたちは心を奪われていた。

『この方の巫女になりたい』

『たったひとりの巫女としてこの方をお支《ささ》えし、君こそ特別な存在だと、大切にされたい』

『それだけじゃ足りないわ。私はこの方に最愛の番として娶られて、世界中の誰よりも幸せになりたい！』

日菜子を筆頭とした巫女見習いたちの心は、そんな想《おも》いで溢れかえっていた。

そして、誰もが見惚《みと》れるその男が、日菜子の前までやって来た時。

「あ、あなた様の巫女！　春宮日菜子でございます！」

勝ち誇った様子で微笑みを浮かべた日菜子が、美しい神へと手を差し出した。

――が、彼はその名乗りを無表情で無視して、何事もなかったかのように通り過ぎる。

「……なっ、なによ……っ！」

悔しさと羞恥心で顔を真っ赤にした日菜子は、そう小さく呟いてから、奥歯を噛みしめる。

今まで、人生で一度だって誰からも傷つけられた経験のない日菜子のプライドに、ひびが入ったような気持ちだった。

引っ込める手が、怒りとも悲しみともつかぬ感情で小刻みに震える。

日菜子を無視したこの神《おとこ》を、どうしても諦めきれない。――そう、どうしても。

去りゆく背中に視線を向けたまま、日菜子はギリギリと両のこぶしを握りしめる。

その間も、彼は他の優秀な巫女見習いの前を通り過ぎ、普通の成績を収める程度の巫女見習いたちが並ぶ場所も過ぎ去って行く。

誰もが息をひそめる中、美しすぎる彼が石畳を歩く革靴の音だけが響いていた。

鈴はこの美しい神に不敬を働きたくない思いでさっと頭を下げ、その姿を目に入れないようにする。

(まさかこんなに末席にまで神様がいらっしゃるなんて……っ。私の存在を目にしただけで、神様の神気を穢す毒になったら大変)

巫女見習いの使用人という、本来ならば神の目に触れるべきではない立場もそうだが、鈴は今朝がた呪詛を受けたばかり。鈴がそう考えるのも当然だ。

教師陣から儀式への立ち入りを禁止されたわけではないので、大きな問題はないのかもしれない。

だが時に、認識すること、は呪詛や怪異を目覚めさせる力を持つ。

(念には念を入れておかなくちゃ)

彼《か》の美しい神の視界に映らないようにする。それは霊力もなく巫女見習いでもない鈴が、神を敬う気持ちだけでできる唯一の行動であった。

けれどもここで、誰もが予想していなかった出来事が起こる。

彼はうつむいていた鈴の姿を目にした途端、冷たい色を宿してただ現世を映していた鋭い双眸をかすかに見開き、そして――そして今までずっと無表情だった美貌に、ふっと甘い微笑みを浮かべたのだ。

それは周囲の誰が見てもわかるほど、甘く優しい微笑みだった。

一部始終を見ていた巫女見習いたちはそれが神々への不敬に当たるなど忘れて、

「そんな⁉」「嘘よっ！」と口々に叫び出す。

（……どうしたんだろう？）

儀式の途中だというのに、自らの巫女を選定する神々の声がしない。

それどころか床に敷かれた深紅の絨毯の上で生徒たちの人影がせわしなく動き、ひそひそと、しかし興奮した様子で何事かを喋《しゃべ》る声が聞こえるばかりだ。

そんな周囲のざわめきを不思議に思い、ようやくうつむいていた顔を少し上げた鈴は、――自分の目の前に立つ美しい神の姿に、言葉もなく息をのんだ。

（……っ⁉）

まるで、長年恋い焦がれていた少女をようやく見つけたと言わんばかりにとろけた色を帯びた青の瞳と、視線が交じりあう。

そこには、あの恐ろしいほどに美しい神が立っていた。

周囲にいた使用人科の生徒たちは、混乱した様子ながらも、彼のために道を開けるようにして左右に割れる。

彼は鈴の包帯で巻かれた手を優しく取ると、神々しか歩くことの許されていない神聖な石畳の上に鈴を強引に引き寄せた。

「ひゃっ」

あまりの突然な出来事に、思わず唇から驚きの声が零《こぼ》れてしまう。

たたらを踏みそうになった鈴を彼は力強い腕で支えると、その勢いのままに胸元で抱きとめる。

今は軍服のような制服に隠されている彼のほどよく鍛え上げられた肉体は、鈴が勢いをころせずにぶつかろうともびくともしない。それどころか、鈴の腰のあたりに回されていた彼の腕は、さらにぎゅっと鈴を抱きしめた。

「ああ、やっと見つけた。〈青龍の巫女〉……いや、俺の唯一の〝番〟」

「…………っ」

「今日から君は俺のものだ。これから先、俺から片時も離れることは許さない。いいな？」

甘く見つめられる中、低く耳触りの良い美声が鈴だけに語りかける。

だが鈴は大混乱の思考の渦の中にいた。

（あっ、え……っ？　ど、どういうこと……っ？）

目の前の美しい神様は、どうやら自分のことを〈青龍の巫女〉であり、彼の〝番様〟であると認識しているらしい。

極度の混乱と緊張に晒されて、鈴の心臓はこれ以上にないくらいドキドキしていた。

神々を招く場で、神々の許可なく発言をしてはいけない。

それはこの百花女学院に通う生徒の中では周知の事実。

『否』を唱えたくてもできずにいた鈴に、彼は「……まさか、喋れないのか？」と心配そうに眉根を寄せながらも、鈴の答えを欲しがった。

ドキドキと混乱のさなかにいた鈴は、ふるふると首を横に振る。喋れないわけじゃない。

「ん？」

「そ、その……」

甘い声音で問われて、頰が熱を持ってくる。

鈴の胸の鼓動は依然として激しいが、意を決して、美しい神――十二神将は六人の吉将のひとり、木神〈青龍〉であろう彼に向かって真実を告げることにした。

「なにかの間違い、です。私は、巫女見習いでは……っ」

（だから、その、『いいな？』と有無を言わさぬ問いかけを投げかけられても、困ります……！）

なにせ鈴は日菜子のもので、霊力の欠片もない。

『無能な名無し』と呼ばれるだけの、ただの使用人なのだ。

鈴の否定の言葉を聞いて、すかさず、「そうよ！　なにかの間違いだわ……っ‼」とひと際大きな抗議の声がどこからか上がる。

――日菜子だ。

巫女見習いとして一等特別な場所で彼の背中を見つめたまま立ち竦《すく》んでいた日菜子は、いつもの高慢な態度を取り戻したらしい。

鈴が招かれたことで、その道が神々にしか歩むことが許されていないのをすっかり忘れてしまっているのか。彼女は参道に上がり、正中に立っていた。

日菜子はぴんと背筋を伸ばし、肩で空気を切るような早歩きでアイボリーの制服のプリーツスカートを揺らしながら、美しい神の数メートル近くまでやって来る。

「尊き四季幸いをもたらされし十二の神々がひとり、青龍様。先ほどの非礼をお詫《わ》びいたしますわ」

そうして堂々とした面持ちでカーテシーを披露し、御前での非礼を詫びて見せた。

神に呼ばれたわけでもない巫女見習いによるカーテシーは、社交場でもないこの場において不釣り合いな挨拶だ。

だが、春宮家という上流階級の令嬢の完璧な所作に、女子生徒たちは神々への不敬を批難するのも忘れて目を奪われるしかなかった。

「青龍様。どうかこの巫女見習いの、差し出がましいお申し出をお許しくださいませ」

「……なんだ」

日菜子の言葉に、彼は鈴へ向けた声音とは到底似つかないほどの冷たい声で応じる。

しかし日菜子は動じず、凜《りん》とした面持ちで淑女然として、勝ち誇ったような笑みを浮かべた。

「彼女の言う通り、彼女は巫女見習いではありませんわ。春宮家を代表する巫女見習いである私の、使用人でございます」

「……そうか」

「そのうえ、当主に真名を剝奪された『名無し』ですわ！」

「…………それで？」

「そっ、それで？　それでもなにも！」

彼の短くそっけない返答に、日菜子は余裕のある笑みから一転、切羽詰まった形相をする。そして。

「霊力の欠片もない無能な使用人を、どうしてお選びになるのでしょう⁉　『百花の泉』から春宮家の霊力を感じ取られたのでしたら、それは……それは私のものですわッ!!」

肩を怒らせながら、日菜子はとうとう言い切った。

その瞬間、鈴は頭から冷水を浴びせられたかのように、背筋がさっと冷たくなった気がした。

(日菜子様は間違ったことなんて言ってない。全部、日菜子様の言う通り)

そう、ずっと理解していたはずなのに。

(私は、青龍様にそばにいることを望まれるような価値がある人間じゃない。──間違えられたんだ、日菜子様と)

何者でもない自分に、彼は間違えて手をのばしてしまったのだ。

美しい神のぬくもりを感じる腕の中で、鈴はとっさにうつむく。

心の奥底では、小さく膝を抱えていた自分が、『もしかしたら、本当に……?』なんて緊張とわずかな希望を滲ませながら顔を上げていたのを感じて、あまりのおこがましさに鈴は自身を恥じた。

どんな状況下で間違えて判じられたのかはわからない。

けれどこの状況は誰が見てもおかしい。

彼が日菜子と鈴の存在を取り違えているのだと言われた方が、よほど納得できた。

「……っふ。くく」

彼はなにがおかしいのか小さく吹き出すと、笑いをこらえるようにして、軽く握った指先で口元を隠す。

鈴は――ああ、やっぱり間違えられていたみたい、と思った。

きっとそう思ったのは鈴だけではなかっただろう。

「わ、わかっていただけましたか？ よかったですわ、青龍様の誤解が解けて！ 無能な名無しは取るに足らない使用人。私こそが、あなた様のたったひとりの巫女であり番にふさわしいと、やっと気がついていただけたのですね……!!」

日菜子はようやく自分だけの美しい神に話が通じたことに安堵《あんど》する。

「そこをどいてちょうだい、名無し。その場所は私のものなの。無能なあなたが立てる場所じゃなくてよ？」

高飛車な笑みを浮かべた日菜子が、鈴に命令する。

鈴が彼のそばから退きさえすれば、今度は自分にその甘い微笑みと、こちらがとろけてしまいそうなほど焦がれた視線が向けられるものだと、日菜子は信じて疑わなかった。

しかし。

「誤解？　笑わせないでくれ」

彼は底冷えがするような声で応じ、口角を上げる。

初めて日菜子をその青の瞳に映した彼の美貌には、甘い微笑みなど欠片も浮かんでいなかった。

途端に氷点下に下がった周囲の空気に触れて、思わず顔を上げた鈴は、足元から本当に氷が張り始めていることに気がついて驚く。

（これが青龍様の、異能……？）

感嘆のため息はすぐに白くなった。

空気中の水分が凍り、きらきらと輝いている。

すでに足元どころか講堂を覆い尽くしてしまった氷は、見るからに危険そうな尖《とが》った氷柱をいたるところに創り出しており、格天井からも大小様々なつららが垂れ下がっている。

一瞬で氷の青い洞窟と化した世界に、鈴は、なんて綺麗な世界なんだろうと見入らずにはいられなかった。

こんな状況下でもいまだに鈴を抱きしめたままの彼を、鈴は恐る恐る見上げる。

（……まるで凍てついた冬の湖みたい）

生気の宿っていない、美しい人形のような双眸。

けれど鈴は、この抱き寄せられた距離からしか見えないだろう凍てついた冬の湖の奥深くを見て——はっと、目を見張る。

（もしかして、青龍様は怒ってるの……？）

だとしたら、なんのために。

まさか、日菜子に鈴を侮辱されたからだと言うのだろうか？

（見ず知らずの私のために、どうして……）

そう疑問を感じずにはいられなかった。

しかしまだ神の怒りに触れたことに気づかない日菜子は、急激な寒さに息を白くしながら両手を胸に抱きつつ、「あ、その、せ、青龍様？」とこの状況を作り出した神の名を呼ぶ。

彼は無表情からさらに生気を削《そ》ぎ落としたような冷たい顔で、こてりと首を傾《かし》げた。

「あれがお前の霊力だと本気で言っているのか？」

氷の青い世界を支配するかのような、底冷えのする声。

「その言葉に、嘘偽りはないな？」

「そ、それは……ッ！」

さらには急激に禍々しさを帯び始めた神気の圧力に、ようやく彼の怒りを感じ取った日菜子は、恐怖で顔を強張《こわば》らせる。

一方、神の異能によって創造された世界に呑み込まれ、強すぎる禍々しい神気に当てられた多くの生徒や教師たちは、ガタガタと震え上がっていた。

【十二神将の中でも凶将は苛烈で激しい気性の神様が多く】

【吉将は穏やかで繊細な気質の神様が多い】

なんて、教科書に綴《つづ》られた解説や授業で習った知識は当てにならない。

神は、神だ。

人の身で彼の神を直視するなど、正気の沙汰ではない。

しかも、まさか彼の神が水気に属する氷の異能を操るとは。

十二の神々が生まれながらに有する異能は、時にその不変なる五行と相反することがある。〈青龍〉という神は龍神という神の性質上、水気も時に操るが、述べるまでもなく木神。司《つかさど》る五行は木気である。

だが、彼の神の行使した力は〝氷晶《ひょうしょう》の異能〟だった。

自身に宿る神気を、水そのものではなく氷へと変化させているのだ。

氷の結晶をひとつ生み出すだけでも、相当な神気を要することは明白。

つまり――神格が、高すぎるのだ。

「まさか、特級神……っ」

日菜子は欲を滲ませた瞳を見開き、戦慄《せんりつ》する。

それは神々の神格を表す十二の階級のうち、最高と謳《うた》われる神格。

その神気を、異能を、本気でぶつけられたら人間なんていったいどうなってしまうかわからない。

日菜子の言葉を受け、他の者たちは声にならない悲鳴を呑み込む。

がたがたと身体中が震える。足元から崩れそうな畏怖を感じずにはいられない。

それほどにまで恐ろしいと、多くの生徒や教師が感じていた。

しかもこの状況は、危険だ。

禍々しい神気を感じられるだけの者もとっさにそう考えたが、目に視えている者たちはその紫から黒へと転じそうな色合いに強い危機感を抱いていた。

こんなに禍々しい色の神気が、はたして神気と言えるのだろうか？

こんなものは視たことない。

けれどこれが、きっと瘴気《しょうき》だ。

「お、堕ち神よっ！　か、彼が、彼が堕ち神だわ……ッ!!」

一年生の席から上がった悲鳴じみた声が、静かな氷の世界にこだまする。

今ここでゆっくりと、次第に堕ちてゆく〈青龍〉は、完全なる堕ち神とは言えないのかもしれない。

けれど、神が少しでも瘴気を生んでしまったら……それはただの神ではなくなる。

それすなわち堕ち神なのだ。

堕ち神とは——憤怒《ふんぬ》や悲嘆、絶望で神気を歪ませ、自ら瘴気を生んだ存在。

その瘴気は、堕ち神自身を内側から侵蝕《しんしょく》して穢れを巣食わせるだけでなく、周囲にいる生き物すべての精気を奪うと言われている。

その上、瘴気を制御できないほどに堕ちきった理性のない堕ち神は、無差別な殺戮《さつりく》も行うらしい。

自らの瘴気や穢れのために長くは生きられない堕ち神は、時に、贄《にえ》を選ぶ。

彼らは贄の血を啜《すす》ることで、自らの瘴気や穢れを浄化できるのだという。

堕ち神が一歩進むごとに草木を枯らしていく様子を描いた有名な絵画は、巫女見習いに向けた教科書に必ず掲載されている。

巫女見習いたちは皆、堕ち神を〝悪〟とみなすと同時に、恐ろしいと感じていた。

〈青龍〉の周囲にのみ滞留している瘴気を見るに、彼は理性のある堕ち神だ。

名無しを守るように結界を張ってはいるものの、その瘴気を他の人の子たちが浴びることに対して、微塵《みじん》も罪悪感を抱いていないようではあるが。

それでも瘴気が彼の周囲にだけ滞留していることから、少し離れた場所にいる女生徒たちに直接影響を及ぼす確率は低いだろう。

圧倒的な神気に畏怖の念を抱き、息ができないような状況ではあるが、つまり……生贄次第では〈青龍〉が正しい神の姿に戻る可能性がある。と、気がついた巫女見習いたちの瞳には、堕ちた〈青龍〉の姿さえ壮絶な美に映った。

(青龍様が、堕ち神様なの?)

霊力のない鈴には、神気も瘴気もわからない。

ただ、異様な寒さの中、彼がなにか深く傷ついているのだと感じ取った鈴は、彼の腕の中で自分の役割を悟った。

(そっか。私は堕ち神様に生贄として選ばれたんだ。……だけど唯一、私を選んでくれた彼に人生を捧《ささ》げるのなら、それも運命かもしれない)

春宮家の使用人として一生を終えるより、この強い悲しみを抱えている神様を癒《いや》す生贄になれるのなら、本望だ。

「せ、青龍様……。霊力のない〝無能な名無し〟の私でも、青龍様のお役に立てるでしょうか……？」

「今までのくだらない評価はすべて忘れろ。俺にとって、君が君でありさえすればいい」

鈴の問いかけに、生気のない氷の彫像のようだった美しい神は、先ほどまで纏《まと》っていた空気を和らげて微笑みを浮かべた。

そして、彼は鈴を強引に抱き上げた。いわゆるお姫様だっこだ。

彼は甘い蜂蜜のようにとろけた青の瞳で、鈴のすべてを絡め取るように見つめると、

「俺の番様に、未来永劫《えいごう》の愛を――」

そうするのが当然のように、群衆へ見せつけるかのごとく鈴の唇を奪ってみせた。

「………っ！」

鈴は神様からの容赦のない口付けに、顔を真っ赤に染め上げて、目を白黒させながらはくはくと言葉にならない声で抗議する。

彼はそんな鈴を愛おしげに見つめると、青い氷の世界でうっとりと笑う。

「嫌だと言うのなら、今すぐ君を攫って閉じ込める。――神の独占欲を甘く見ないことだ」

甘美な毒を孕《はら》んだ言葉に、鈴は静かに息を呑んだ。

心臓の鼓動が、早くなる。

胸の内側を撫でるみたいな、低く、艶やかな彼の声に、言葉を返すことができない。

――くらくらした。

この恐ろしいほどに美しい神は、鈴を本当に現世から連れ去るつもりなのだろう。

それを察知した学院長は、額に玉のような汗をかきながら、「お、お待ちくださいませ！」と声をあげる。

「お待ちくださいませ、青龍様。恐れながら、その者を本当に〈神巫女〉に選定なさったのですか⁉」

「ああ。なにか問題が？」

「で、でしたら、まずはその者の生家から許可を得ねばなりません。使用人には主人がおりますすゆえ、まずは春宮日菜子様の許可を。日菜子様の許可なく連れられては困ります」

「困る？　なぜ？　彼女がただの使用人だというのなら、また別の者を用意すればいい。春宮家なら造作もないことだろう」

「そ、それは……。ですが〈天空の巫女〉であったわたくしの守る、この歴史ある百花女学院の地から、巫女見習いでもない者を〈神巫女〉として出すわけには参りませぬ！　本日より百花女学院が責任を持って、その者が青龍様にふさわしい者になれるよう徹底的に指導いたしますゆえ、お返しくださいませ」

〈青龍〉は学院長の言葉を受け、それが厳粛な規定に則ったものではないと理解していながらも、神世との境を術で開き続けている斎服姿の男たちへと視線を向ける。

彼らは〈神々の眷属《けんぞく》〉だ。

眷属とは、始祖の十二神将とともに降り立った従者たちのこと。

さらに現代では十二の神々の子孫――神として生まれなかった者たちも眷属となり、神々を支えている。

人の子よりも強い霊力を持ち、自らの穢れ程度ならば自浄もできてしまう彼らだが、しかし神々がこの世で受け続けている穢れを浄化することは陰陽の理《ことわり》上難しい。

そのため眷属たちにとっても、それぞれの一族の大切な神を支える巫女を選ぶこの機会はとても重要なのだ。

儀式のゆくえを見守っていた彼らにも、これまでの話はすべて聞こえていたらしい。

中央を守る蔵面の眷属が首を振ったのを確認した彼は、

「……そんな決まりはないそうだ」

学院長へ改めて否を突きつける。

「だが、貴殿の言い分はわかった。つまり、彼女を使用人にしていた主人は、神《おれ》より優先すべき……と言いたいんだな？」

「そ、それは、ですから」

「——笑わせてくれる」

神々を慮《おもんぱか》ったかのように見せかける学院長の自身のプライドと春宮家への忖度《そんたく》しかない言葉の数々に、青龍は不愉快そうに鼻で笑う。

「先代〈天空の巫女〉ともあろうお方が、〈神巫女〉がなんたるかすらわからないとは」

「…………っ」

悔しそうな顔をした学院長を残し、〈青龍〉は話は終わりだとでも言うかのように歩き出す。

「あ、ああ、春宮家がなんと言うか……っ！」

「青龍様、どうかお待ちください！」

怯えきった様子の教師陣も、神前であるのに立場もわきまえずに慌てて止めに入る。

しかし、さすがに看過できなくなったのか、蔵面の眷属たちが瞬時に張った結界に足場を阻まれている。

青龍はそんな百花女学院関係者たちに、冷ややかな侮蔑《ぶべつ》を投げただけだった。

そしてこの儀式のために集っていた〝己の番様を蔑《ないがし》ろにしていた者たち〟に一切構うことなく、彼女を抱き上げたまま来た道を帰っていく。

その前方には、『巫女選定の儀』のために神世からやって来た他の神々が、こちらの状況を見守っていた。

「ふふっ、見せつけてくれちゃって。あんなに嬉しそうな〈青龍〉初めて見たかも。幼馴染《おさななじみ》として妬《や》けるよね～？」

「妬けるわけないだろう。大体、こんな衆人環視の中よく恥ずかしげもなく〝番の契《ちぎ》り〟を……！　しかもあんな、見せびらかすみたいに！　まさか僕たちへの牽制《けんせい》のつもりじゃないだろうな？」

青龍の次に歩みを進めていた、まるで美少女かと見まごう神――十二神将は吉将が水神〈天后〉が、海色の瞳を細めながらくすくすと微笑む。

彼の肩が震えるのに合わせて、淡い珊瑚《さんご》色の長い髪が揺れる。毛先に向かって海色に染まっていくグラデーションは、彼の華麗奔放な雰囲気によく似合っていた。

〈天后〉の隣にいるのは、――十二神将は凶将が水神〈玄武〉だ。

勿忘草《わすれなぐさ》色の髪と瞳が印象的な彼は、高飛車な王子様のような美貌をわずかに羞恥に染めて、心外だという態度を示していた。

そんな〈天后〉と〈玄武〉には少しも興味がない様子で、遠くから鈴を興味深そうに眺めているのは、――十二神将は凶将が金神〈白虎〉の双子だった。

百九十センチを超える長身に、純白の髪と紫水晶のように美しい瞳。

浮世離れした格好良さを誇る彼らは、兄は甘い垂れ目を面白そうに細め、弟は眼鏡で隠したつり目で探るように鈴へと視線を送る。

「……いいなぁ、俺も〈青龍の巫女《あのこ》〉が欲しい。あの〈青龍〉が欲しがるんだからよっぽどでしょ」

「兄さん、悪い冗談はやめてくださいよ。それで今まで何人の〈準巫女〉を使い潰したんでしたかね」

「んー？ でも俺たちの職業的に仕方なくね？ 何人も雇うのは。つーか、芸能人やってるの知ってんのに、群衆から向けられる穢れに耐えられなかった方が悪いだろ」

純白の髪の一部が不自然に黒く染まっている兄は、悪びれもなくそう口にする。

彼らは大人気アイドルとして、十八歳以下の神々の中で唯一〈白虎〉であることが全国的に知られている神々だ。モデルや俳優としても活動していて、双子が出演する広告などの経済効果は数十億円規模だという。

双子が鈴をじっと見つめているせいで、その周辺にいた彼らのファンの少女たちが、とうとう耐えきれずに「きゃあぁっ！」と黄色い悲鳴をあげる。

「きゃぁあっ、薊《あざみ》様〜〜〜！」

「茜《あかね》様〜〜〜！」

「……………茜、なにあれ。『巫女選定の儀』なめてんの？　モラルとマナーは？」

「兄さんがそれを言うんですか？　まあ、兄さんを前にして正気でいられる人の子なんていないでしょうし、仕方がないかと」

誰にも聞こえないのをいいことに、双子は好き勝手に言いながらもファンサービスは忘れない。彼らが手を振ると、一層黄色い悲鳴が増した。

そして最後尾。長身の双子の後ろに隠れ、まるで部外者かのような出《い》で立ちでそっぽを向いているのは、——十二神将は吉将が金神〈太陰〉だ。

淡藤色の長髪を後頭部で高く一つ結びにしている美麗な彼は、金色の猫のような目を一瞬だけ鈴へと向けると、再びふいっと顔をそらす。

鳥居付近で歩みを止めていたこれらの神々たちは、どうやら神聖な石畳の道をそれ以上進んでまで自らの巫女を探す気はないらしい。

神々たちが自らの巫女の霊力を感じなかったのか、興味すら湧かなかったのか。それはわからない。

ただ、見目麗しい神々たちはそれぞれに鈴への興味や反応を示し、巫女見習いたちへは無言のままに踵《きびす》を返して神世へと戻っていく。

神々たちの一番後ろで歩みを進めている鈴を抱く彼の、——神気と瘴気が入り乱れる様子に、わずかに緊張を走らせながら。

(……なんだか、すごく警戒されてる？)

鈴は、自分を抱く〈青龍〉のことが自分のことのように心配になった。

火照った頰の熱はまったく引かないままだったが、彼の腕の中から彼を見上げて、気遣うようにして様子をうかがう。

すると、甘さを含んだうっとりとした青い双眸が再び向けられる。

(ううう、恥ずかしくて直視できない)

鈴は目のやり場に困ってしまい慌てて視線を逸《そ》らす。

すると、石畳でいつまでも立ち尽くしていた日菜子と、ちょうどすれ違うところだったらしい。

鈴は意図せずして視線が合ってしまった日菜子の形相を見て、ハッと恐怖で息を呑んだ。鬼のような恐ろしさに、思わず身を固くする。

「……名無し。あなたのことは、絶対に許さないんだから」

鈴にしか聞こえないような声で囁かれる。

日菜子の目には、烈火のごとき怒りと嫉妬心が浮かんでいた。

◇◇◇

この日。『巫女選定の儀』で〈神巫女〉に選ばれたのはただひとり。

四季姓を戴《いただ》く春宮家の長女ではあるが、霊力もなく巫女見習いでもない――ただの使用人の生徒でしかない〝無能な名無し〟だった。

しかも、〝無能な名無し〟があの恐ろしいほどに美しい〈青龍〉の〝番様〟なのだという。

このことに驚き激昂《げきこう》したのは日菜子だけでなく、巫女見習いとしてこの時を待っていた多くの生徒たちだ。

どれほど期待に胸を膨らませ、どれほどこの奇跡に近い選定の日を待ちわびていたことだろう。

彼女たちは誰も、『巫女選定の儀』で起こった出来事を認めようとはしなかった。

そんな彼女たちの話題は、〝無能な名無し〟に関する噂で当分のあいだ持ちきりだった。

儀式で起こった出来事は、決して外部には漏らしてはいけない秘密。

だからこそ……彼女たちは百花女学院内で、全国に散らばった〈準巫女〉や〈巫女見習い〉たちが集う研修で、神世と現世の境で催されるパーティーで、ひそひそと囁きあう。

「今代の〈青龍〉が、あろうことか『巫女選定の儀』にて霊力のない使用人を番様として選んだらしいわ」

「でも青龍様は堕ち神になる寸前の状態で、危険な状況だったらしいじゃない？」

「次の本命巫女を選ぶために生贄を娶ったというのが、百花女学院の見解だそうよ」

「無能な使用人の少女は、不幸にも堕ち神様のために捧げられたというわけね」

百花女学院の生徒たちから始まった噂話は、瞬く間に神世に関係する人の子のあいだで囁かれ、その場を賑わせる。

――〝龍《りゅう》の贄嫁《にえよめ》〟。

そんな言葉が、あたかも真実のようにして広まり始めていた。

第二章　青龍様の神隠し

立ち並ぶいくつもの鳥居をくぐり、鈴を抱き上げていた彼が煌めきを帯びた『百花の滝』へ足を踏み入れた時。

（う……っ。……びしょ濡《ぬ》れに、ならない？）

鈴が予想していた滝壺へ向かう落水のしぶきと水圧は訪れず、ただ澄み渡るような清涼な冷たさに身体が包まれたのみだった。

先ほど日菜子から向けられた業火のような怒りに焼かれて恐怖で震え出しそうだった鈴の心を、その冷たさが静かに穏やかにさせていく。

今まで滝の落水に備えてぎゅっと目を瞑《つぶ》っていた鈴は、ゆるゆると瞼《まぶた》を上げる。

（……あれ？）

そして目の前に広がった光景に対し、ふと言語化できない違和感を覚えた。

（夕方になってる？）

『巫女選定の儀』は一限目に当たる時刻に行われていた。あれからどんなに時間が過ぎ去っていようと、まだ正午頃のはずだ。

しかし空は一面、黄昏時《たそがれ》と呼べる色合いに染まっている。

その上、背後にあるはずの『百花の滝』もまったく見当たらなくなっている。

かと言って、無音ではない。

（ざあざあと滝が流れている音は聞こえてくる）

異様なほどに澄んでいる空気の中、川のせせらぎや滝の音、高らかに響く鳥の囀り《さえず》、それから春の匂いと夕暮れの混じり合った心地よい風が吹いていて——。

（ここが神世にある神城學園の敷地内？　だとしたら『百花の泉』があるはず）

鈴が持つ、使用人科の生徒たちも参加できる授業で習った最低限の神世の知識によると、『百花の滝』の向こう側は神世に繋がっていたはずだ。それも神城學園にある、巫女見習いたちの祈りによって捧げられた霊力の花が咲き誇る『百花の泉』と。

けれども鈴の視界に映るのは、幼稚舎から大学院までを内包する広大な神城學園らしき建築物ではなく、龍神が昇る氷のように閑麗な青磁の鳥居。

その鳥居の向こう側に広がるのは、神社本殿の屋根造りの様式と同じ檜皮葺《ひわだぶき》の両流造《りようながれづくり》でできた大きな屋根や、東西に伸びる寝殿造の廻廊《かいろう》が印象的な——すべてが朱丹の柱で建築されている、壮麗な水上の神殿だった。

（幻想的で、すごく綺麗……。だけど、なんだろう？　この建物。神城學園じゃなさそうだけど、神社でもなさそう？）

限りなく神社に近いその建物だが、本坪鈴《ほんつぼすず》から伸びる鈴緒は垂れていない。もちろんお賽銭箱《さいせん》もなかった。

（まさか豪華なお邸《やしき》……？　それよりも……なんだか視界が高くて、青龍様のお顔が近い、ような……？　――――っ!?）

と、ここで鈴は今さらながら、自分が〈青龍〉に抱き上げられたままの体勢だったことに気がついた。

（だ、だからこんなに青龍様のお顔が近かったんだ……っ！）

見たこともない荘厳な場所の空気に呑まれて、すっかり忘れていた羞恥心や申し訳なさが、洪水のごとく一気に押し寄せてくる。

「あ、あの、そろそろ自分で歩きます！　長時間申し訳ありませんでした、青龍様に運んでいただくなんて……。すぐに降ろしていただけたら、と」

鈴があたふたと申し出ると、微笑みを浮かべていた彼は途端に無表情になった。

「降ろす？　君を？　どうして？」

「ど、どうして？　このような行為は、青龍様に対して大変失礼に当たりますので」

「せっかく奪ってきた君を、俺に手放せと？」

彼の青の瞳に仄暗《ほのぐら》い陰が落ちる。

（あ、あれ？　気に障ることを言ってしまった……？）

鈴は〈青龍〉という神の機嫌を損ねてしまったことに慌てふためき、

「い、いいえ、そうではなく……！」

と、急いで否定する。

しかし彼の表情は変わらない。

「たとえ泣いて赦《ゆる》しを乞おうと、君はもう俺のものだ」

長い睫毛に縁取られた双眸が鈴を見つめる。

優しげに見える微笑みには先ほどまでの甘さはなく、昏《くら》くて、無感情で、がらんどうに見えた。

（ど、どうしよう！　や、やっぱり気に障ることを言ってしまったのかも）

自分の言葉のなにが間違って伝わってしまったのかはわからない。けれども誤解を解くために、誠心誠意伝えなければ。

鈴は「えっと、そのっ」としどろもどろに言葉に詰まった挙句、ふるふると首を振る。

「体重がっ、その、重いでしょうし……っ」

「ああ、なるほど。君は軽すぎるくらいだ。もっと食べた方がいい」

間も置かず彼にそう断言されて、鈴は少しばかり羞恥心を覚える。

長い間、無能な名無しの使用人として、満足な食事を摂《と》れない環境下で生きてきた。生贄としては不十分なくらいに栄養不足で、ぽきりと折れそうな身体しか持ち合わせていない自覚はある。

（堕ち神様が穢れを祓うために必要と言われている血液だって、無能な私に流れているただの血液でいいのかな？　霊力も流れていないのに、青龍様の期待に応えられないかもしれない）

そんな自分が〈青龍〉の腕に抱き上げられているなんて、やっぱりおこがましい。

（私が本当に彼の番様なのだとしたら、……慎《つつ》ましく、青龍様の後ろを歩いていたい）

鈴は両手をきゅっと握りしめ、自信なげながらも彼を上目遣いに見上げる。

「あ、歩かせてほしいのです。その、人の子である私が、青龍様のおそばを歩くことを許していただけるのなら……なのですが」

「…………」

「お願いです、青龍様」

「…………片時も離さないつもりでいたんだが、君から初めて乞われる願いだ。無下にはしたくない」

ぎゅっと眉根を寄せて不服そうな表情をした〈青龍〉は、鈴を自らの腕から降ろす。

かわりに彼は鈴の手をそっと握り、口角を上げるだけの悪戯《いたずら》な笑みを浮かべると、優しく指先を絡めて「行こうか」と鈴とともに歩き出した。

鈴は少し大きな彼の歩幅について行きながら、黒革の手袋に包まれた彼の冷たい指先から伝わってくる温度に、再び頬が熱くなるのを感じる。

誰かと手を繋いで歩くのは初めてだ。

鈴の人生において、誰も、鈴の手を引いてくれる人はいなかった。

（青龍様の手は、他人に触れるのを拒絶しているような真っ黒な革の手袋に覆われていて……。お互いに歩く歩幅も速さもまったく違って、ちぐはぐなのに）

どうしてだろう。

世界で一番大切にされているかのような錯覚に陥ってしまう。

（手を繋ぐのって、こんな気持ちになるんだ）

心臓がドキドキする。

指先から彼にその鼓動が伝わらないか、心配してしまうくらいに。

(な、なにか話さなきゃ)

「あ、あの、先ほどまで青龍様の前を歩かれていた神々の皆様はどちらへ……?」

鼓動が伝わらぬよう、鈴がわずかに声を張って疑問を口にすると、彼は長い睫毛に縁取られた双眸をやわらかく細める。

「彼らはここには入れない。今頃はきっと學園に戻ったはずだ」

「學園に?」

(ということは、やっぱりここは神城學園じゃないんだ)

だとしたら、ここはいったいどこなのだろう?

「……ああ、この日をどれほど待ちわびただろう。ようやく君をここへ招くことができた」

「えっ……?」

彼のその言葉に鈴が不自然さを感じた時。

ふと、鳥の囀りがレコードのように同じ音を繰り返しているのに気がつく。

(今もこうして高らかに囀る鳥は、一体どこにいるんだろう?)

そんな考えが頭をよぎった。

すると、どうだろう。

（……あ）

鳥など最初から存在していないのだと、なぜだか気がついてしまった。

……異様なほど生き物の気配がしない、不可思議な場所。

そこにただひとりだけ招かれたと知り、鈴は思わず心細いような気持ちになって顔を固まらせる。

しかし彼はこの世の僥倖《ぎょうこう》をすべて嚙みしめたと言わんばかりの表情で、蜂蜜を溶かしたみたいに甘く、けれど独占欲で満ちた瞳で微笑んだ。

「――ようこそ、俺の神域へ」

艶やかな色気をまとった彼に見つめられる。

神様への畏怖や戸惑いに似た羞恥心がごちゃ混ぜにせり上がってきて、鈴の喉はきゅうっと締めつけられて苦しくなった。

「神……域……？」

けれども〝神域〟という言葉に、一気に不安が増してしまう。

鈴がそう思うのも仕方がない。

一般常識での神域とは、〝神世〟を指す言葉だ。

神世は神々やその眷属たちによって現世のどこかに創られた結界内にある、特別自治区である。〝許されざる者は入れぬ禁足地〟という認識が一般的だが、政府の行政機関のひとつである神代庁の管轄下にあり、鈴の住まう日本となんら変わりのない物質世界だと聞いている。

だが、彼の神域となると話は違ってくる。

それは——神の創った〝箱庭〟だ。

彼自身の神力で創造された非物質世界と言うのだろうか。すべては幻想であり、彼の想い描く理想郷《まほろば》である。

神がその名において治める絶対的な領域には、彼《か》の神に招かれた愛おしい存在だけが息をすることができる。

そこには老いも、病も、穢れもないとか。

そのかわりに……彼の神の許しがない限り、永久に閉じ込められ続けることもあるという。

大切な親類縁者や友人にも会えず、人の子の一生という時間を遙かに超えた悠久の時を、永遠に。

このような神の創った箱庭に招かれる現象を、人の子は〝神隠し〟と呼ぶ。

〝神隠し〟という現象は、極めて少ないが古《いにしえ》より存在する。

魑魅魍魎《ちみもうりょう》が跋扈《ばっこ》していたその時代。八百万の神々の中には稀に強力な神域やそれに似たナニカを持つものがいた。

彼らは黄昏時になると、七歳以前の幼子をそこへ連れ去るという。

と言っても、それらの記録は民間伝承や伝説といった、物語に近いものである。

今となってはそれが失踪事件であるのか、はたまた本当に〝神隠し〟が起きていたのかはわからない。

八百万の神々が起こした〝神隠し〟に関して不確かな伝承が多いのは、彼らには肉体がなく、人の子からは目に見えないことが理由だろう。

初詣や祈願など、人の子の日常と密接な関係はあるものの、八百万の神々はあくまで信仰の対象だ。

しかし、生き神となった十二の神々が引き起こす〝神隠し〟は、その伝承の何倍も恐れられている。

なにせどれもこれもが、人の子と同じ肉体を持つ神々が起こした事実である。

歴史書に名を残したある堕ち神の神域で、女性の遺体が見つかったというのはあまりにも有名な話だ。

――女性は堕ち神の番様だった。

江戸時代末期頃からは演劇や小説の題材にもされ、現代では内容をぼかして子供向けの可愛らしい絵と物語が付けられて、巫女に憧れる子供たちへの教訓を教える絵本にもなっている。

物語では、

【堕ち神様の神隠しにあった番様は】

【光を帯びた硝子《ガラス》の欠片になって砕け散り】

【天へ昇っていきました】

というのが一番多い結末だ。

しかし現実はそうではない。

堕ち神の〝神隠し〟にあっていた番様は、白骨化していたというのが真相である。

(神域に隠れた堕ち神を討伐して代替わりさせるために、神域を他の神々たちが強制解除したせいで、本来経過するはずだった時間が一気にその女性の肉体に刻まれたことによる自然現象だって、授業では習ったけれど……)

つまり今、鈴が〝神隠し〟にあっているこの空間は、時間の流れが完全に止められた異界というわけだ。

「この邸は君のために俺が用意した」

「わ、私の、ために？」

「ああ。ふたりだけの、邸だ。誰にも邪魔されることなく、君を奪うことができる」

「え……っ？」

「早速だが、邸内を案内しよう」

彼の微笑みには、堕ち神を象徴するような禍々しさはない。

日菜子が鈴に向けるような悪意に満ちた視線でもなく、害意も感じられない。

現世と神世の境に詳しい巫女見習いたちの噂話では、『冷酷無慈悲な人嫌い』と称されていたが、鈴に対しては普通のようだ。

それどころか、ただただ甘く艶やかで、鈴にとっては過ぎた好意を向けられているように思える。

……けれど。

（なんとなく背筋が凍って、胸の奥で底冷えがするみたいな気持ちになるのは、青龍様のことをよく知らないから……なのかな）

巫女見習いの生徒から『堕ち神』と叫ばれていた〈青龍〉のことを怖いと思ってい

るのではない。

むしろ生贄であろうと自分を選んでくれたことに、鈴は感謝すらしているのだ。

だからこそ、こんな風に過剰な好意を向けられた経験がない鈴にとって、底知れぬ感情に緊張してしまうのは当然のことで——。

（白骨化していた番様は、自分を選んでくれたたったひとりの神様と一緒に過ごせて、幸せだったのかな？）

鈴の脳裏では、真っ白になった髑髏《しゃれこうべ》を大切そうに胸に抱いた〈青龍〉が、先ほど鈴に向けたのと同じように、この世の僥倖をすべて噛みしめたと言わんばかりの表情で甘美な微笑みを浮かべている。

巫女見習いではない鈴が参加できた授業では、十二の神々について学ぶことは多くなかったが、彼が言った通り、今から鈴のすべてを『奪う』というのなら、この場所は最適に思えた。

（私には大切に思う家族も友人もいないから、現世に思い残すこともない。ここで青龍様と一緒に、彼が穢れを祓いきるまで生かされ続けるというのは、私に存在価値を与えられたみたいな気がして……嬉しい、と、思う）

母に与えられた命を、大切に生きるのが夢だった鈴だ。

他の誰でもなく〈青龍〉のために生きられるというのなら、これほど意義のあることはない。

春宮家で罵《のの》られ、虐げられ、使い捨てのボロ雑巾のような扱いを受ける毎日と比べたら、何万倍も幸せと言えるだろう。

「こちらが玄関、向こう側は庭園だ。邸の内部には坪庭もある。どちらの庭も、君好みにするといい」

「……は、い」

圧倒されるままに返事をしたが、自分好みに整えるなど恐れ多い。

それもこの、幻想的な水上神殿の神苑《しんえん》など。

（庭園の清掃は毎日欠かさずしてきたけれど……）

百花女学院で行っている神事のひとつに、十二の神々を御祀《おまつ》りしている十二の社《やしろ》がある庭園を、有志の巫女見習いと使用人で日が昇る頃から清掃するというものがある。

日菜子は一度も参加したことはなかったが、鈴は初等部の頃から毎朝参加していた。

春宮家にも同じく十二の社がある小さな庭園が存在している。

そこでは監督する使用人たちに詰《なじ》られながら清掃を行う日々だったが、鈴が十二の神々に携われる唯一の時間だったので、ことさらに大切にしていた。

（でも、整えるとなると）

鈴の好みというのも分不相応だし、霊力もないのに神聖な庭木には触れられない。植え替えどころか、剪定《せんてい》などもってのほかだろう。

霊力がない、ということで言えば、神饌《しんせん》の献上もそうだ。

教本通りであればひと通りの料理はできる。しかし使用人という立場では、神饌を用意させてもらえた経験はない。

（ここでの青龍様のお食事の用意は、いったいどうすればいいんだろう……。まさか、無くても大丈夫、とか……？　ううん、そんなはずないよね。ど、どうしよう）

鈴はおろおろとしながら、隣に立つ〈青龍〉を仰ぎ見る。

「あの、青龍様。ここで私は、はたして役に立つのでしょうか……？」

「君に役に立ってもらうつもりはない」

「えっ」

「ここで君が生きていてくれるだけで俺は満たされる」

〈青龍〉はそう言って、ふっと優しげに目元を和らげる。

（それは、……私が存在する限り、必ず堕ち神としての穢れを祓える……から？）

鈴は彼が喜んでくれていることを嬉しく思いながらも、それ以外になにかここで役に立つすべはないか思案を巡らせてみる。

〈青龍〉が喜ぶ奉仕とは、一体なんなのだろうか。

（使用人として、喜ばれたのは………）

と、考えてみても、残念なことに日菜子からは罵られた記憶しかない。

（難しい……）

思考を巡らせつつ、少し落ち込む。

しかし立ち止まってはいられない。鈴は彼に案内されるがままに広々とした玄関を通り抜け、朱塗りの柱が立ち並ぶ板間の廻廊を行く。

軍服のような制服をまとった彼の姿とあいまって、なんだか明治時代にタイムスリップしたかのように思える。

風が吹き抜けるその廻廊からは、専属の庭師によって丁寧な手入れがなされているかのごとく美しい庭園が見えている。

廻廊の下には朱色の灯籠に囲まれている青く澄み渡った池があり、さらさらと涼やかな水音が響く中、紅白の鯉《こい》らしき色鮮やかな魚影が泳いでいた。

けれどどれも、なんとなく作り物のように感じられる。

その証拠に、優美に泳ぐ鯉には目も口もなかった。

本当に、色がついただけの影のようだ。水面に揺れる太陽の光が、紅白の鯉を通り抜けて水底にも映っている。

植物以外に、生きものの気配はまったくない。

もしかしたら、彼がそれを創らなかったのかもしれない。

(どこもかしこも綺麗だけど、不思議な場所……)

パシャリと跳ねた紅白の鯉の躰《からだ》に透けた朱色の灯籠に、ゆうらりと明かりが灯《とも》るのを鈴はぼんやりと眺めながらそう思った。

そんなことを鈴が考えている間にも、彼は広く入りくんだ邸の中をゆっくりと進んでいく。

到着したのは、応接間とおぼしき洋室だった。

やはりどこか明治時代を彷彿《ほうふつ》とさせる鈴蘭《すずらん》の花の形に似た硝子シェードのシャンデリアが、天井の中央に下げられている。

その真下には、飴色《あめいろ》のローテーブルとゆったりとした三人掛けのソファセットが向き合って並んでいた。

火の入っていない煉瓦《れんが》製の暖炉には、煤《すす》どころか灰ひとつない。

(もしかして、青龍様はここで暖を取ったことがない?)

それとも神域だから、なのだろうか。

調度品は瀟洒《しょうしゃ》ながら重厚感のあるものばかりで、どれもアンティークの雰囲気を醸していた。

（高級品なのかも。お掃除の時に間違って、壊さないようにしなくちゃ。もしかしたら神域では灰も埃《ほこり》も積もらないのかもしれないけれど、日菜子様の使用人として長い時間を生きてきた私ができることと言ったら、やっぱり家事か毒味くらいしかないから）

鈴は胸元できゅっとこぶしを握る。

神域に存在させてもらえる間は、恩返しも兼ねて一生懸命働くつもりだ。

（私は――今日からここで生きていく）

それは鈴が自身の人生に対して初めて意志を明確にし、強く決心した瞬間だった。

ふと、視線を向けた先にあった、鈴の胸ほどの高さの飾り棚に置かれている紫翡翠《ひすい》製の置き時計が目に付く。

秒針の音がしている。時刻は十七時三十二分。

（この時計、動いているみたいだけど……本物？）

黄昏時の空の色合いから想像すると、時計の針が示す時刻は真実に思える。

けれども神域に朝昼晩という時間概念が存在しているのかは不明だ。今が本当に『巫女選定の儀』と同日の夕方かどうかもわからない。

しかしどうしてだか、それを聞くのを憚《はばか》られてしまう。

（時間を青龍様に問うのは……なんとなく、彼の心を傷つけてしまうみたいな気がする）

ただの予感に過ぎない。

だけれども、自分をこんなに親切に、丁寧に、ひとりの人間として扱ってくれる彼を悲しませて失望させたくないという気持ちが、鈴の心を占めた。

彼は鈴をソファの真ん中へとエスコートして座らせると、その向かい側に着席する。

（こ、こんなに立派なソファに座ったのは生まれて初めて。まるでお客様みたい）

名家出身ではあるが、春宮家でも百花女学院でも使用人としての存在価値しか認められていなかった鈴が、こんな風にソファに座れる機会などあるはずもなく。

鈴にとってのソファは、座るものではなく磨き上げるものだった。

（き、緊張する……）

目の前にいる〈青龍〉を直視できず、色々な緊張が混じりあう中、鈴は胸に手を当てて「すうっ」と深呼吸をしてから、そろそろと視線を動かす。

モダンなステンドグラスが装飾されている大きな窓には、坪庭の緑が映っている。縁側を囲うようにして施されている異国情緒あふれる朱色の欄干とのコントラストが華やかだ。

ここは現世ではない、と、よりいっそう強調されているような建物の趣は、鈴が生まれ育った春宮家の豪邸と何もかも違っていて、祖父や父や継母、そして日菜子の叱咤の声を思い出さないのがいいと感じた。

そんな現実逃避をしていると、いつのまにやら紅茶の良い香りが漂ってくる。

ふと視線をその香りのもとへと向けると、なにも無かったはずのローテーブルの上に、ケーキが載ったお皿とティーセットが忽然《こつぜん》と現れていた。

「あ、あれ？　いったいどこから……？」

〈青龍〉は疑問符でいっぱいの鈴に小さく微笑むと、「砂糖はいくつ？」と問いながらシュガーポットの蓋を開く。

彼がシュガートングで摑んだのは、彼の瞳のような美しい色合いの金平糖だった。

（わっ、金平糖だ）

その砂糖菓子の可愛らしい見た目と色合いに、鈴の頰が淡く上気する。

金平糖を最後に口にしたのは、いつの頃だったたか。

（どこかの神社で、初めて口にして、甘くて、それで――）

記憶にあるのは、幼い頃に手のひらに載せられた三粒の金平糖と、初めての甘さに感動した瞬間だけ。

心には『またあの感動に出会えるかもしれない』という期待感と、『神様の前なのだから遠慮しなくちゃ』という気持ちが鬩《せめ》ぎ合う中、

「お砂糖は、えっと、ひとつ……で」

もじもじとしつつ、鈴はそう伝えた。

（どんな味がするのかな？）

自身の紅茶の好みなんて、ちゃんと味わって飲んだ経験がないからまったくわからない。

鈴が知っているのは紅茶の正しい淹《い》れ方だけだ。しかし使用人科の座学であらゆる茶葉の種類や味を学び、実践練習をしたのも今は遠い昔。

以来〝名無し〟として、水しか飲むことが許されてこなかった。

それも春宮家から送られてきた瓶入りの浄化水のみ。

食事は蔑ろにされていたのに、飲み水だけは徹底して厳しく管理されていたものだ。

大罪人を清めるためだろうか。

それとも、飲み水くらいは援助してやろうという、祖父たちの唯一の優しさだったのだろうか。

もしかするとただ単に、穢れを強制的に鈴の体内にだけ留《とど》めておくため……だったのかもしれない。巫女見習いとして優秀な日菜子のそばに置く使用人が、呪詛やらなんやらで穢れていては、日菜子に支障が出てしまうから。

（……あっ）

考えながら、鈴はハッと気がつく。

紅茶の味以前に、毒味のしすぎで鈴の舌は味覚がない。

当たり前のことを、金平糖に心踊って失念していた。

せっかくの紅茶も金平糖も、台無しにしてしまう可能性の方が高い。

ケーキなんてもってのほかだ。

いざ目の前に繊細な生クリームのデコレーション、そして旬を迎えている艶やかな大粒の苺の載っているケーキを出されると、味覚のない自分には大それたものに見えて、恐縮するしかなかった。

「さあ、お茶にしようか」

彼はシュガーポットから水色と青色、そして紫色の三粒の金平糖を取って鈴のティーカップへ落とすと、長い指を揃えた手で『どうぞ』という仕草をして、鈴へ紅茶を勧める。

「い、いただきます」

（ひとつと伝えたのに、金平糖、三つも）

もしかして、欲しそうにしていたのがバレたのだろうか。

鈴は恥じらうも、つい嬉しくなってしまって、手に取ったティーカップの中を覗《のぞ》き込んだ。

そうして紅茶に映った自身の顔が、記憶にあるどの顔よりも明るく穏やかなのに気がつき、知らず知らずのうちに舞い上がってしまっていた自分に戸惑う。

（こんな表情、できるんだ）

だけど神前で舞い上がってもいられない。

深呼吸し、冷静になると……途端に現実へと引き戻される。

自分を構成する記憶の中心、そこにあるのは――脳裏にこびりついて取れない、呪詛まみれの毒味の記憶だ。

（……なにかを口にするのは怖い。それが日菜子様の前でなくても）

けれどここは、〈青龍〉に守られた神域。

毒味をする皿のように呪詛を示す黒い靄も漂っていないのだから、苦しめられる心配もしなくていい。

ここには老いも病も、穢れもないはずだ。

鈴は意を決して、こくりとひとくち、嚥下する。

「………あっ、あ……っ。……美味しい……っ！」

食べ物を『美味しい』と思う感覚はとうに失われていたはずだ。なのに、こんなに美味しいと感じるのはどうしてだろう。

舌の上にじんわりと広がる優しい甘さと爽やかな香り、乾いた喉を潤す上品な渋み。

それらが、鈴の胸をあたたかくする。

〈青龍〉の神域にいるからだろうか。

神世とも現世とも完全に遮断された神の箱庭では、なにが起きてもおかしくない。

鈴は、自分に絡みついていたたくさんの鎖から、少しだけ解き放たれたような気がした。

それは完全ではなくて。もちろん、まだまだ残っているのだけれど。

〝春宮鈴〟という自分の一部が、還《かえ》ってきたかのような感覚というのだろうか。

（すごい、ちゃんと味がする……っ。美味しい……っ！）

それだけで涙が溢れそうになる。

鈴はぐっとこらえて、もうひとくち、さらにひとくちと紅茶を飲んで、「美味しいです」と〈青龍〉へ微笑んだ。

「それは良かった」

なにかを考え込むようにして、嚥下する鈴の白い喉を無表情で眺めていた青龍は、我に返ったように微笑みを浮かべる。

「そういえば、自己紹介がまだだったな。現世では真名を口にすることがないから、失念していた」

彼は自分の紅茶には金平糖を入れずにストレートで口をつけると、静かにティーカップとソーサーをローテーブルに戻した。

「狭《さ》霧《ぎり》竜胆《りんどう》だ」

「狭霧、竜胆様……」

（綺麗なお名前……）

鈴は彼の真名を聞き、彼の異能で創られた青い世界を思い出す。

氷の粒がきらきらと輝く世界の中心で、堂々と立つ彼の凛とした姿に竜胆という青紫色の花の名前はよく似合う。まさに〈青龍〉のイメージにぴったりな真名だと思った。

「畏《かしこ》まらずに、ぜひ竜胆と」

「そ、そんな、青龍様を気軽にお呼びすることはできませんっ」

「ここは現世ではないから、誰に遠慮することもない。――君にだけは、俺の名前を呼んでほしい」

切実な声音で言われて、鈴は「うっ」と言葉を詰まらせる。

「……そ……それでは、その、竜胆様とお呼びしてもいいですか……？」

「ああ。そうしてくれ」

無表情にも見える顔にわずかに喜びを浮かべた彼は、「次は君の番だ」と言う。

「〝十二神将がひとり〈青龍〉として、君の真名を問いたい〟」

「私の、真名は……」

紅茶に溶けきっていない金平糖が、かろん、かろん、と涼しげな音を立てている。

無意識に、ティーカップを持つ鈴の手は震えていた。

震えを止めようとするが、身体が言うことを聞かない。

さあっと全身から血の気が引いていくのを感じながら、鈴は「私の、真名、は」と再び声に出す。

（……あ、あれ……？）

声が、出にくい。

（ここは神域だから、現世とは切り離された竜胆様だけの箱庭だから、お祖父様たちに奪われた真名を口にすることだってできると思ったのに）

先ほどだって、紅茶や金平糖の味を感じたのだ。鈴はそう信じて疑っていなかった。

それはきっと竜胆もなのだろう。

彼には『巫女選定の儀』の最中、鈴が大罪人として真名を奪われた〝名無し〟であると、日菜子が告げている。

そして霊力がない無能で、巫女見習いではなくただの使用人であることも。

「……大丈夫だ。ゆっくり深呼吸して、落ち着いたら紅茶を飲むといい」

「は、はい」

鈴は深呼吸を繰り返して、いったん落ち着こうと努力する。

それから引きつった喉を紅茶でゆっくりと潤した。

喉を通った甘味《あまみ》が、優しく労《いた》わるように食道を通って、すっと胃に落ちていく。

ティーカップを傾け紅茶を飲むたびに、かろん、かろん、と金平糖がぶつかり合う音を聞いていると、意識がふわふわとして不安が優しく溶けていった。

鈴を雁字搦《がんじがら》めにしていた鎖がするすると解けていく感覚に身を任せるだけで、心があたたかく満たされていく。

こんなに心が満たされた経験は、今まで一度たりともなかった。

するとどうだろう。

（……私も、竜胆様に名前を呼んでほしい）

そんな淡い願いが、鈴の胸に芽生えてしまった。

……これまで、何度も何度も自分の真名について考えてきた。

名前を忘れてしまったら最後。きっと、取り戻したいとも思わなくなる。

そして鈴は、本当の意味で〝無能な名無し〟になってしまうのだ。

だからこそ──。

──ずっと、誰かに自分の名前を呼んでほしかった。

──誰でもいいから、忘れないでほしかった。

──会えなくてもいいから、覚えていてほしかった。

──伝えたかった。私が、私自身の名前を忘れる前に。

けれど本当は、誰かではダメだ──。

（竜胆様に、〝鈴〟と）

名を呼ばれたいというその願いをもしも神々が耳にしたならば、堕ち神である彼の生贄とはいえ、神とともに人生を歩む〈青龍の番様〉に選ばれた少女が抱くにしては小さすぎる願いだと言うだろう。

けれども鈴にとっては、霊力もないただの人の子が神々に望んではいけない、傲慢な願いだと思えた。

(……それでも。それでももし、許されるなら……)

鈴はともすれば溢れそうになる涙をこらえながら、ティーカップを持つ手を握りしめる。

(竜胆様にだけは、覚えていてほしい……っ!)

鈴は勇気を振り絞り、ソファから少しだけ身を乗り出すと「私は」と意を決して口にした。

「私は、春宮――っ、ぅっ、あああああぁ……!」

「……っ、大丈夫か⁉」

鈴が家名を声に出した瞬間、全身が炎に炙られて燃えているかのように痛みだす。

ガシャン！　っとティーカップとソーサーが割れる音が響いた時には、カップに残っていた紅茶が飛び散り、ばしゃりと鈴の左手にかかっていた。

慌てた竜胆は酷《ひど》い形相で急いで鈴の隣へ駆け寄ると、鈴を抱き起こす。

そして彼女の異常に高すぎる体温に目を見張って驚いた彼は、突然鼻をついた人間の皮膚が焼け焦げて爛れたかのような異臭に気がついた。

ぬるくなった紅茶が染み込んだ鈴の左手に巻かれた包帯を、荒い手つきで解いていく。

「──な、んだ、これは」

彼女の左手の甲には、【夏宮旭】という文字が深く刻まれていた。

高温の炎で炙られたか焼き鏝《ごて》でも当てられたかのような傷痕は、まだ新しいのか爛れ、血が滲んでいる。

竜胆は微《かす》かに触れるか触れないかの指先で文字をなぞり、その傷に似た痕跡《こんせき》がアイボリーのセーラー服が包む腕にも続いているのを見つけて、急いで制服の袖を捲《まく》り上げた。

「……ありえない」

それはにわかには信じがたい光景だった。

「み、見ないで、ください……っ」

ぽきりと折れてしまいそうな儚い彼女の左腕には、数え切れないほどの人の子の姓名が、赤黒く爛れた傷となって刻まれているではないか。

「呪詛の痕か……!?」

それにしては酷いものだった。

肌に真名を残す呪詛など、聞いたこともない。

しかも彼女を散々いたぶり傷つけた挙句、あまつさえ〈青龍の番様《おれのもの》〉を穢し、他者の真名を刻むなんて——!

激しい怒りが、竜胆の胸を仄暗く支配する。

……許せない。

許してなるものか。

愚かな人間風情が…………完膚なきまで復讐《ふくしゅう》してやる。

神気は瘴気に転じ始め、溢《あふ》れ出したそれによって、ふわりと彼の黒髪を浮かせた。

(……っ、竜胆様……)

あまりにも凍てついた竜胆の双眸と、溢《あふ》れ出る異能の冷気を感じ取った鈴は、彼を怒らせてしまったのだと思った。

(きっと、私の肌に刻まれた呪詛の痕が、見るに耐えない穢らわしさをしているせいだ)

せっかく生贄に選んだ者が、傷物だったらどんな神様だってがっかりするだろう。

しかもこんなに呪詛にまみれて、穢れているなんて。

鈴は息もできないほどの激しい痛みに震えて言うことを聞かない右手を必死で動かして、一生懸命に、左手の甲を彼の視線から隠す。

隠したところで、なくならない。

きっといつかは見つかっていたかもしれない傷だ。

だが、竜胆にこんな肌を見せてしまったことが、鈴にとっては悲しくて、恥ずかしくて、いてもたってもいられなかった。

「……っ、竜胆、さま……申し訳ありま、せん……っ。お、っ、お見苦しい、ものを……、見せてしまい……っ」

「いい、喋るな。無理に動くと身体に障る」

ひゅう、ひゅう、と彼女の喉が過分に酸素を取り込もうとしているのがわかる。

急激に荒くなっていく鈴の呼吸を聞き、眉根を寄せた竜胆は「くそっ」と小さく悪態を吐く。

彼女の真名が何者かに奪われているのは、彼女に会う幾年も前から知っていた。

政府に定められた十二の神々を縛り付ける法律により、彼女を見つけ出すために動くこともできず、手助けも許されなかった十年が、どれほど竜胆にとって悔しく、惨めで、怒りに満ちたものだっただろうか。

それがようやく、やっと彼女を捜して手を伸ばしても良い機会が訪れたのだ。

この日をどれほど待ち望んでいたか、黒く渦巻く竜胆の胸の内など誰にもわかるまい。

竜胆は自分の不甲斐《ふがい》なさを感じて、ぐっと奥歯を噛みしめる。

「……はっ、……はっ、…………うう……っ」

「ゆっくり息を吸うんだ。……君を、必ず助ける。だから安心して、息をしてくれ」

苦しげに呼吸をする鈴を支えながら、竜胆はすぐさま思考を巡らせる。

理論上はなにも問題などなかったはずだ。

真名を他者によって剝奪されることは、魂を他者に摑まれていることと同義。だが、その何者からか彼女自身を奪い、無理やりにでも自分の神域に隠してしまえば……。

彼女の肉体と精神に結びつけられた魂は、神域による影響――〝神隠し〟をした対象の肉体と精神と魂を神域の主が所有できるという箱庭の強制力のもとに、現世から完全に隔離され、いかなる形であろうが神域の主である竜胆のものになる。

それは神々が生き神となった昔から永久不変の、絶対的な法則である。

だからこそ竜胆はそれに則り、真名を奪われた状態の彼女の肉体と精神を、強引に神域へ隠す決断をした。

彼女の魂の所有権が竜胆に移りさえすれば、同時に真名を取り戻すことが可能になる。

けれども一抹の懸念を抱き、彼女の身を案じた竜胆は、さらに徹底的に保険をかけることにした。

彼女が真名を奪われる以外に、なにかしらの呪術や呪詛による影響のせいで箱庭の強制力を受けにくくなっているかもしれない状況を危惧して、あらかじめ神域の食べ物を肉体に摂取させることで彼女自身に〈青龍〉の神気を宿させ、ただの人の子ではなくさせたのだ。

つまり竜胆は、竜胆の神域に流れる濃厚な神気を以《も》ってして強制的に真名を奪い返すという、神格の高い神にしかできない理論を組み立て実践したことになる。

実際、竜胆は『数百年に一度生まれるかどうか』と称《たた》えられるほどの莫大な神気をその身に宿している。

現存する十二の神々の中では最高峰の神気と強力な異能を持つ、最も神格の高い特級の〈青龍〉――それが狭霧竜胆という青年だった。

しかし、それらの計画的な行為に、彼女へ対する所有欲や征服欲がまったく影響しなかったわけではない。

むしろ抑えきれないほどの独占欲が腹の中で渦巻き、飢餓状態だった己の喉が少しずつ潤っていく感覚に歓喜しさえした。

ただの金平糖だと思っているのか怪しむ様子もなく、はにかむように顔を綻ばせる彼女のなんと純粋なことだろう。神域内に忽然と現れた食事が、現世のものであるはずがないのに。

神域のものを口にした人の子は、その神の神気なしには生きられない。

つまり、彼女はもう、竜胆という神のそば以外では生きられないのだ。

彼女から感じられ始めた自分の神気に、胸の内側が少しずつ満たされていく。つい小さく口角が上がってしまうのを堪えるのが難しかったほどだ。

無垢《むく》な反応とは対照的に、紅茶を異常なほどの慎重さでこくりと嚥下する白い喉の動きに、ふと、なにか見落としているような違和感を覚えるまでは、彼女さえ見つけられれば人の子に奪われた真名を奪い返すなど簡単なことだと信じていた。

……そう、信じて疑わなかっただけに、この状況は想定外だった。

腕に抱えていた鈴を見つめていた竜胆は、ぐっと眉根を寄せる。

このままでは呼吸困難に陥り、命の危機に瀕《ひん》するだろう。

事態は急を要する。

今は、なによりも彼女の命が優先だ。

「……すまない。少しだけ我慢してほしい」

竜胆はそう告げるやいなや、はくはくと苦しそうに呼吸を繰り返す鈴の左手の甲へ、そっと唇を寄せた。

「…………あ……っ！」

突然の行為に驚いた彼女の双眸は限界まで見開かれ、じわじわと涙の膜が張る。

――彼女を大切にしたかった。だからこそ、こんな状況で彼女の肌に触れる気はなかった。

しかし、一度に膨大な神気を流し呪詛の穢れを取り祓う最も効率的な方法が、今はこれしか思いつかない。

「……やっ、やめて、くださいっ……っ、竜胆、様………」

酷い痛みと苦しさ、それから竜胆には隠していたかった穢れた醜い痕への急な口づけに戸惑った鈴は、そう声を振り絞る。

神様を呪詛の穢れに触れさせるなど、絶対にあってはならない行為だ。

（なのに、長いあいだに渡って自分に刻まれ続けてきた呪詛を……あろうことか自分を選んでくれた大切な神様に唇で触れさせるなんて……っ！）

どれほどの穢れが、鈴から竜胆へ移ってしまうかわからない。

穢れは神の寿命を縮める。

すでに堕ち神と呼ばれている彼なら、なおさら影響があるはずだ。

混乱しきった鈴は、心がいっぱいいっぱいになって堪え切れなくなり、ぽろぽろと大粒の涙を零す。

長い睫毛に縁取られた黒く大きな瞳が溶けてしまいそうなほどに涙を浮かべながら、はらはらと儚く涙する鈴を見て、怖がらせてしまったか、と竜胆は罪の意識に苛《さいな》まれた。

「拒絶の言葉なら後からいくらでも聞く。だから、今だけは我慢してくれ」

彼女を少しでも安心させようとさらに強く抱きしめる。

左手の甲から続くように左腕に刻まれた呪詛の痕へと毒を吸い出すように唇を這わせながら、竜胆は胸が潰れるような思いがした。

春宮と声を出した途端に急激に熱を持った身体、そして呼吸困難に近い彼女の様子から推測するに、真名を奪い取った術者は彼女が神域に隠されても不具合がでないよう、最初から仕組んでいたのだろう。

刻まれている姓名のほとんどは竜胆が知らぬ者であったが、夏宮とくれば四季姓を冠する名家だ。そんな名家の術者が、わざわざ好き好んで自分の真名を残す呪詛をかけるわけがない。

と、すると、これは真名を奪い取った術者によるものだろう。

彼女が受けた呪詛を結んだ術者の真名が残るように、あらかじめ卑劣な呪術を施していたに違いない。

呪詛をかけた者の真名を肌に直接刻ませるなんて、彼女の肉体を他者のものにするのと同じだ。

刻まれた姓名の数だけ、彼女の肉体にはべっとりと他者の穢れが染み込み、肉体までもが〝名無し〟になる。

それはすなわち、彼女自身の真名が迷子になるということだ。

いくら神域の食べ物を口にさせて神気を肉体に宿させたところで、他者の真名が刻まれた部分は他者の所有物。

真名を取り戻したところで、他者の真名が刻まれた肉体に彼女の真名は還れない。

――魂は、肉体に還れない。

結局、神域の強制力によって春宮家から竜胆が奪えたものは、彼女の純粋無垢な精神と、そして彼女の肉体を蝕《むしば》む呪詛の痕のせいで〝名無し〟となってしまっていた彼女の肉体だけ。

竜胆は彼女を神域に隠した時点で、彼女の真名を剝奪した者の卑劣な罠《わな》にかかっていたというわけだ。

……まさかすべてを見越されていたなんて。

もし今回の件で一命を取り留めたとしても、神域で彼女に真名を口にさせようとするたびに、肌に刻まれた呪詛の痕が穢れを帯び、彼女を苦しめ命を蝕んでいくだろう。

それを止めたくば、彼女の真名、ひいては魂を捨て置けと——。

冗談じゃない。

彼女に真名と魂を、——彼女本来の運命を生きる権利を返せ。

ふつふつと募る怒りが瘴気に変わり、竜胆の青い双眸の色を次第に赤く鮮やかに染め上げていく。

（……本当に……堕ち神様、だったんだ）

それは霊力のない鈴が、初めて理解した竜胆の変化だった。

鈴は堕ちていく神様を息も絶え絶えに見つめながら、百花女学院の女生徒たちの言葉を思い出す。

そして同時に、鈴は自分の命の終焉を悟った。

（きっと私を助けようとして穢れに触れすぎたせいで……竜胆様の穢れも、深刻化してしまったんだ）

竜胆の唇に触れられた傷痕から灼熱の痛みが引いていくのを感じるたびに、彼への心配が増していた。

左手の甲から今朝方の呪詛破りの痕跡が消え、左腕に残された過去の傷が癒えていくたびに、『これ以上は触れないでほしい』と泣きながら懇願したくて仕方がなかった。

（けれど、苦しさのあまり声が出なくて）

「……はあっ、……はあっ、…………ふうう……っ」

（もう、消えていなくなりたい）

身体の隅々まで刻まれている灼熱の穢れを帯びた傷痕が、彼に見つかってしまう前に。

初めて心から名前を呼んでほしいと願った彼を、自分のせいで歴史書に名を残したような堕ち神にしてしまう前に。

願わくば、生贄としての存在価値を与えてくれたまま…………終わらせてほしい。

「……あと少しだ。もうすぐ終わる。だから、堪えてくれ――！」

（竜胆様の瞳、青と赤が混じって、とっても綺麗……）

見たことのない色をしている。まるで宝石みたいだ。

「り、んどう……さま……」

懸命に呼びかけてくれる竜胆の瞳の、宵闇と朝焼けのあわいを見つめながら、鈴はもう、彼に諦めてほしくて懸命に微笑む。

そうして最後の力を振り絞って、竜胆の頬に手を添えた。

「………お会い、できて……っ、……よかっ、た……」

つかの間の、泡沫《うたかた》のような幸せだった。

（どうか、この命が、竜胆様のお役に立ちますように）

儚く微笑んだ鈴の瞳から、あたたかい涙がひと雫《しずく》、頬を伝った。


ぱたり、と彼女の手が力なく落ちる。

頬にひと筋の涙の跡を残したまま、瞼を閉じた彼女は意識を失っていた。

「……諦めるな、待ってくれ。……俺はまだ、君の名前すら知らないんだ……！」

竜胆は力尽きた鈴を両腕で抱え込み、慟哭《どうこく》をなんとか押し殺した表情で懸命に呼びかける。

異常な高熱が引かない身体。いまだに燻《くすぶ》る、皮膚が焼き爛れたような臭い。

膨大な神気を流し込んだことで左手の甲から腕に続いていた数多の真名は消えたのに、彼女を苦しめる症状は変わらない。

自らの命を捧げるかのごとく眠るように意識を失った彼女は、まさか過去に討伐された哀れな堕ち神のように、俺が完全な堕ち神にならないために彼女の生き血を啜《すす》るとでも思っているのだろうか？

あり得ない。

彼女の生き血を啜るくらいなら、完全なる堕ち神になることさえ厭《いと》わない覚悟だ。

だが。

「また俺は、君を失うのか……っ」

彼女を失う覚悟なんか、あるわけがない。

竜胆は再び暗闇が続く絶望の深淵《しんえん》に落とされた気がした。

……………いや。絶望がなんだと言うのだろう?

今までだって十年間、暗闇の中にいた。深淵で生きるのには慣れている。

けれども、彼女は?

もしも、あの日から……真名を奪われるだけでなく、酷い苦しみや灼熱の痛みに嬲《なぶ》られながら、十年間を生きてきたのだとしたら……。

溢れ出す紫色の瘴気に包まれた竜胆はゆうらりと立ち上がりながら、鈴の膝の裏に片腕を回すと一等大切な宝物のように抱き上げる。

もう二度と、君の運命を奪う愚かな春宮家の者たちの好きにはさせない。

「……君は俺のものだ。俺から片時も離れることは許さない。——こうして、命を諦めることさえも」

長い睫毛に縁取られている朝焼けの双眸は、鈴をまっすぐに見つめたままうっとりと細められる。

壮絶な瘴気をまとった堕ち神は、一歩、また一歩と箱庭を歩きだした。

第三章　堕ち神の過去

己が〝狭霧竜胆〟という名を与えられた人の子と同じ肉体を持つ〝生き神〟ではなく〝神〟であると確かに自覚したのは、漠然としていた番様という存在を〝本能〟で強く感じ取ったある日。

数えで九歳になる霜月のことだった。

その日は神々の眷属として生まれた両親に連れられ、『開闢《かいびゃく》の儀』――八百万の神々の守護庇護下からの独り立ちを宣言する、十二の神々にとっての重要な儀式に参加するため、神世の鬼門に位置する場所にある『十二《じゅうに》天将宮《てんしょうぐう》』と呼ばれる神社に参拝していた。

十二天将宮の創建は戦国時代の半ばまで遡る。

最初に〝生き神〟として降り立った〈始祖の神々〉から四季姓を頂戴した者たちが神世に荘厳な社殿を創建し、始祖の神々を奉斎《ほうさい》したことが創祀《そうし》とされている。今でも歴々の十二の神々が謹《つつし》み清めて祀られている、由緒正しき神社だ。

以来、その場所は神世の鬼門封じとして崇められ、神聖な地として選ばれた眷属たちによって守護されている。

創祀の由来から参拝資格を持つ者の門戸は狭く、神々とその眷属、番様、神の巫女、そして四季姓を冠する一族か、それに準ずる一族と決まっているため、特別な祭儀がない限り参拝客はまばらだ。

広い境内は、常に歴々の十二の神々が残した厳かで清々《すがすが》しい神気に満ちている。

限界まで張りつめられたかのような高貴で気高いそれにどことなく精査されている気がして、幼心にいつだって近寄りがたい場所だった。

邸では普段から和装で過ごしているが、此度《こたび》の『開闢の儀』はことさらに特別な行事なため、新しく着物を仕立てるための反物を母と使用人たちが半年も前から次々に広げてはあれやこれやと言っていた。

そうして選び抜かれた反物で誂えた立派な羽織り袴と、〈始祖の青龍〉を模した紋様が墨で描かれた蔵面を着付けてもらった竜胆は、その日、朝から妙な胸騒ぎがしていた。

「おはよう〈青龍〉」

竜胆と同じように〈始祖の玄武〉の紋様が描かれた蔵面を付けた〈玄武〉が、片手を上げながらこちらへ歩み寄ってくる。

それに「おはよう」と返した竜胆は、自身の隣に立っていた護衛を担う側近、朝霧《あさぎり》に視線で合図する。彼は恭しく一礼すると、その場を退いた。

（そろそろ開始時刻か）

〈玄武〉が歩み寄ってくるまでに、竜胆はそう考えながら辺りを見回す。

本日の儀式に参加するのは、なんの因果か偶然にも同年代として生まれた四神――〈青龍〉〈朱雀〉〈白虎〉〈玄武〉の一族だ。

竜胆の両親が、続々と集まってきている〈玄武の眷属〉たちと挨拶を交わしている。

離れた場所には〈朱雀〉とその眷属たちがいる。性質的に苛烈な〈朱雀〉の一族と、反対に静謐《せいひつ》な〈青龍〉の一族とでは相容《あいい》れないため、社交辞令的に挨拶を交わす程度で親交はない。

〈白虎〉の一族はといえば、まだ到着していないようだった。

「上の空のようだったけれど……考え事かい？　いつもは冷静な君が、落ち着かない様子なのは珍しいね」

「ああ、少しだけ」

竜胆が考え事の内容には触れずに頷《うなず》くと、〈玄武〉が少し安堵したかのように肩をすくめた。

「……僕もだ」

ひっそりと不安を吐露するかのように、彼は言う。

「儀式の日取りが決まってから、ずっと不安でたまらなかった。今日だって、朝から吐きそうだったんだ。だって、八百万の神々の庇護下から独り立ちをするなんて、考えただけでも………」

「怖い？」

「……怖いさ。儀式のあとに穢れると、これまでの比じゃないって……」

幼い神々たちはこの国に四季幸いをもたらすために、御役目——一柱ごとに割り振られた異形封じの禁足地へ赴き、四季ごとに三日三晩、飲まず食わずで浄化や結界を紡ぐ作業を行ってきた。

けれども。年々、身体が少しずつ重くなっていくのを感じるたびに、心の奥底に澱《おり》のように降り積もっていくのは……——死への恐怖だ。

神といえど、まだ子供。

しかし政府から、人の子から、眷属から……一心に期待を寄せられる彼らには、弱音を吐ける場所などない。たとえ命の危険や恐怖を感じても、年相応に『嫌だ』などと口にする行為は決して許されていないのだ。

御役目が果たせなければ、死ぬしかない。

それが、連綿と続く神々の代替わりの摂理である。

神格が低く生まれた幼い神になど、眷属《りょうしん》でさえ最初から期待していない。

神々の神格は十二階級あり、上級位より――特級・一級・準一級・二級・準二級・三級・準三級・四級・準四級・五級・末級・低級であるが、五級以下の神格を持つ神々の成人するまでの生存率は、ほとんどゼロに等しかった。

〈玄武〉は準一級という上級位の神格を持つ。

だがその本質的な力が目覚めるのは、大抵、大人になる頃だという。

準一級の自分でこれなのだから、準二級である年下の幼馴染の〈天后〉は、よほど辛いだろうなと思っていた。

それなのに。その生活が、これからもっと辛くなるのだ。

「……生まれた時から自らの穢れを祓えない十二神将《ぼくたち》は、霊力の適合する巫女との出会いを待つしかない。この先……いつ現れるかも、わからない、のに」

言葉にすると、不安に押し潰されそうだった。

それだけじゃない。もし運良く巫女を見つけられたとしても、その人間の人となりだってわからない。

不安だらけだった。

〈玄武〉は目元にじわじわと滲《にじ》みはじめた涙を蔵面で隠したまま、小さく震える。

そんな〈玄武〉に反して、竜胆はといえば、『開闢の儀』に対する不安も緊張も抱いていなかった。

特級という高い神格を持つ竜胆に、幼馴染の抱くすべての不安を理解することはできない。

けれど突き放すような真似《まね》はしたくなくて、震える彼の肩に、そっと手を置いた。

「……大丈夫だ。現世へ降りさえしなければ、ひどく穢れたりしない。この間だって、『歴々の神々における穢れについて』を研究した論文を読んでやっただろう？」

「うん、そうだね。でも……」

「安心していい。神々は神世にいる限り、呪物や呪詛、怪異といった他者からもたらされる呪いに触れなければ、命に関わるほど穢れる心配はない。それに、準一級の神が御役目で亡くなったなんて話は、過去に一度もなかった」

〈玄武〉に課された御役目を代わることはできないが、励ますことはできる。

臆病で泣き虫な幼馴染を少しでも元気づけるため、竜胆は勿忘草色の頭を撫でてやる。

「大人になるまでに、神気が瘴気に反転するような出来事が起きる確率はゼロに等しい。堕ち神にさえならなければ、天命以外で死ぬことはないさ」

「……そうだね。……うん」

〈玄武〉は蔵面の下で目に浮かべていた涙を拭う。

その時。ふと、ふたりの前に影が落ちた。

「あっれれ〜？　特級様がまさかビビってんの？」

「グルルル……」

「………〈白虎〉の双子か」

現れたのはひとりの少年と、毛を逆立て威嚇の唸《うな》り声をあげる一匹の獣《けもの》。

日光に照らされきらきらと光耀《こうよう》する純白の髪を持つ兄、そして兄とは対照的に黒い毛並みに白い模様を持つ仔虎《ことら》の姿をした弟だった。

（……人の形《かたち》を保てなかったのか）

獣姿の弟の方へ竜胆がすっと視線をやると、蔵面を付けていない黒い仔虎は、兄の腕の中に抱かれながら竜胆を睨《にら》んだ。

使用人たちから聞かされた噂によると、彼らは先代の〈白虎〉の番様が残した呪いのせいで、獣の姿で産まれたらしい。

確かに、彼らは双子として産まれたからか、はたまた獣として産まれたが故か、幼い頃より神気を互いに分け合っているようで……どこか不安定な存在だった。

（このあいだ學園で見かけた時は、人の形をしていたように見えたが。転化は唐突なんだな。今日はなんらかの理由で調子が悪いのかもしれない）

兄が最初から突っかかってくるのだから、そうなのだろう。

あちらにいる〈白虎の眷属〉たちもひどく機嫌が悪そうで、ぴりぴりとしている。

（体裁を気にしているのか……？）

古より神世では、双子忌避信仰が根深い。

【双子の神は忌み子と忌むべき】

【片われは常世より遣わされし異形なり】

その信仰は今もなお、強く信じられている。

本来〈白虎〉は白い虎。

双子、しかも弟の方は黒い毛並みを持つとなれば事情は察しがついた。

竜胆にとっては〈白虎〉の双子は〈白虎〉でしかないが、大人は不条理だ。

始祖を崇めるがゆえに眷属としての体裁を気にし、本来は一族が守るべきである尊き幼神《おさながみ》の神格の低さを嘆いて……——時に我が子を葬る。

片方には〈始祖の白虎〉の蔵面をつけさせ、もう片方は〈白虎〉ではないとしながら、獣姿であることが許せない。

〈白虎の眷属〉たちの有様《ありさま》は矛盾していた。

「は？　なに？　獣が神苑に入るなとか、言いたいわけ」

「ガルルル……！」

無言で見つめるだけの竜胆に、「喧嘩《けんか》なら買うけど？」と〈白虎〉の双子が殺気立つ。

「喧嘩腰なのはそちらだろう」

（察しがついたところで、僕には関係ない……か）

竜胆も眷属絡みの問題は抱えている。だがそれは、いつか自分が解決すべきことだ。

一族には一族の掟《おきて》がある。他の一族には理解できないような掟が。

つまり、他の神々が干渉するところではない。だが。

「君たちは〈白虎〉だ。どんな姿だろうが神苑に招かれる権利があると、僕は思う」

「…………っ！」

竜胆はそれだけ伝えると、〈白虎〉の双子の登場に怯《おび》えていた〈玄武〉の手を引く。

「行こう」

「う、うん」

背中を向けた竜胆たちは、〈白虎〉の双子が驚きで目を丸めていたことには、気がつかなかった。

「……なんで」

「……みゃあお」

——兄と弟。

世界にはたったふたりしか存在しない。今までも、これからも、ずっと。

そう信じていた双子の紫水晶の瞳を、太陽の光がくるりと撫でる。

最高位の神格を持つ〈青龍〉に、忌み子と罵られる自分たちの存在を、認められた。

「あー。調子くるう……」

「ぐるるるる」

去っていく姿が眩《まぶ》しい。

あんな風に、なりたい。

「でも絶対、特級様には言ってやんねー」

「みゃあ」

全部ぶっ壊して、追いついて、そして——。

〈白虎〉の双子の決意を知らぬ竜胆は、前をまっすぐ見据えたまま『開闢の儀』に臨む。

歴代でも非常に珍しい四神同時の独り立ちは、厳粛な雰囲気の中、つつがなく行われた。

——一刻後。

儀式を終えた神苑で、それぞれの眷属の大人たちが〈始祖の眷属〉の蔵面を付けたまま、うわべだけの社交に興じている。

竜胆は儀式の疲れを感じ、喧騒《けんそう》から少し遠ざかっていた。

その一歩後ろには五つ年上の側近、朝霧が付いてくる。

「お疲れでしたら、この後の食事会を欠席いたしますか？」

「……いや、いい。主役が欠席するとうるさい御尊老が多すぎる」

この後、狭霧家本邸で予定されている祝宴とは名ばかりの分家同士のいびり合いを思うとため息が出る。

次期当主であり〈青龍〉とはいえ、時に一族の大人たちから子供扱いされる矛盾は、竜胆が年齢を重ねない限り覆せないのだろうなと感じている。

そんな時。……ふと、胸騒ぎが強くなった気がした。

竜胆は背後を振り返る。

蔵面が風でめくれ上がり、『髪置《かみおき》の儀』から切ったことのない細く結った黒髪が首の付け根で流れるように翻《ひるがえ》るさなか——、朱色の太鼓橋を渡ってこちら側へやって来る少女に竜胆の視線は釘付《くぎづ》けになった。

その幼い少女は、同じ年頃の少女を囲む華々しい集団の最後尾でひとり、うつむき気味に歩いていた。

竜胆は無意識のうちに式を飛ばす。

〈青龍〉の神気から生まれた氷のように美しい胡蝶《こちょう》は、ひらひらと竜胆の周囲で羽ばたいたのちに、すっと宙へと溶けた。

「お父様、日菜子も神様と同じ神社で『天花《てんげ》』のお参りができるだなんて、嬉しいわ！」

「日菜子は名家である春宮に生まれた、大切な巫女候補だからな。当然のことだよ」

「巫女候補、そうだわ。お祖父様、日菜子は誰よりも立派な巫女になってみせますね！」

「期待しておるぞ。日菜子の霊力は太く荒削りだが、修練次第ではどこまでも伸びるはずだ。あれなどまだ霊力も目覚めておらんからな」

「うふふ。ねえ、お母様！　日菜子はお姉様よりも目立ってるかしら？」

「ええ、日菜子。日菜子の方があの子よりずっとずっと可愛いもの。当然よ」

「うふふ、うふふ、そうよねっ」

彼らに見つからぬように隠形《おんぎょう》させた式を通して、竜胆の耳にはその集団の会話がよく聞こえてきた。

（『天花詣《もうで》』か）

それはここへ参詣できる一族の中でも数えで八歳になる子が、晴れ着をまとい、祀られている神々へこれまでの成長を感謝するとともに、身に宿る霊力の開花やさらなる目覚めを願うための儀式だ。

（言い伝えでは、確か太鼓橋を一歩進むごとに開花する霊力が増すんだったか）

しかし、それはただの迷信に過ぎない。

十二天将宮の中心を通る太鼓橋には、現世の気を禊《みそ》ぎ清める力がある。そこから転じた迷信だと推察されているが、どうやら今も昔も、人の子たちには『霊力が増す』

と強く信じられているらしかった。

着飾ったその集団の大人たちは皆、上等な真っ赤な生地に大輪の花が刺繍されている豪華な晴れ着で飾り立てられた幼い少女を褒めそやす。

飾り立てられた少女の手を引く母親らしき派手な女性は、そちらへ優しく笑いかけては、あの子と呼んだ少女へ侮蔑を含んだ視線を投げた。

紺地に白雛菊《ひなぎく》の花が咲いた清楚《せいそ》な晴れ着姿の少女は、使用人だろう人物たちを含む集団の数歩後ろで怯えたようにさらに深くうつむき、両手を胸の前で握りしめる。

その姿は、できるだけ自分の存在感を無くそうとしているみたいだった。

けれども。けれども竜胆の瞳には、彼女だけが眩しく輝いて見えた。

どくんと大きく跳ねた心臓を、竜胆は片手でぎゅっと鷲《わし》掴む。

「――見つけた」

全身に血潮が巡るような高揚感。

興奮が頬を染め上げる。

感嘆に満ちた声が、人知れず呟くようにして唇からこぼれた時…………初恋と呼ぶには切なすぎる感情が、きゅうっと喉を鳴らす。

それは竜胆が、今までお伽話《とぎばなし》のように感じていた〝番様〟の存在を、頭でもなく心でもなく本能で感じた瞬間だった。

「若様、いったいなにを――？」

側にいた朝霧が不思議そうに首を捻《ひね》る。

しかしその声も、竜胆には届かない。無我夢中だった。

彼女には神気があるわけでもないのに、彼女の周囲だけがきらきらと光って見える。

（彼女から、視線を外すことができない）

だが、彼女の方は竜胆が向ける熱い視線に気づく様子もなく、白い下駄《げた》の鼻緒に視線を落としたまま歩いている。

集団の中心にいる真っ赤な晴れ着の少女が付けている物よりも小さな白雛菊の髪飾りは華奢《きやしや》で、腰のあたりまで伸びている結いあとのない綺麗な黒髪が逆に引き立って見えると思った。

竜胆は本能から湧き上がる高揚と感動に打ち震えながら、言葉なく少女を見つめる。

（……どうすれば彼女を連れ帰れるだろう？）

番様になってほしいと告げたら、驚かせてしまうだろうか。

もしかしたら、まだ彼女には番という概念が理解できない可能性もある。

自分だって、今まではその概念が漠然としていた。けれども。

(拒否の言葉は聞きたくない)

そんな言葉を聞かされたら、胸が張り裂ける気がする。

(いっそのこと、このまま神世に住んでくれないだろうか。狭霧の邸にはいくらでも部屋がある。ともに過ごしながら、少しずつ理解していけばいい)

纏わりついている現世の気も、あの太鼓橋を渡りきったら禊ぎ清められるはずだ。

彼女から微量に感じられる今はまだ芽吹いていない霊力が、十二天将宮を満たす神気で研ぎ澄まされてきているのがわかる。きっと彼女もすぐに神世に馴染《なじ》める。

(けれど、本当は――今すぐ、誰にも見えないところに彼女を隠したい)

長い睫毛に縁取られた竜胆の青の瞳の瞳孔が、きゅうっと縦長に狭められる。

抑えきれない本能が、わずかな飢餓感とともに神域の存在をちらつかせる。

(……そうだ。神域で穏やかな日々を一緒に暮らせたら、どれほどに幸せだろう?)

だって、明らかに彼女を愛する気などない家族なんて、いらないはずだ。

(このまま現世とともにあんな家族は捨ててしまえ。――僕の可愛い、可愛い人の子、番様)

まるで龍のごとき瞳が爛々《らんらん》と輝き、衝動的な独占欲が胸いっぱいに渦巻く。

その時、竜胆は生まれて初めて――己が〈青龍〉という〝神〟であると強く自覚した。

大切な大切な人の子以外は、どうだっていい。

むしろ、あんな醜い集団のような生き物が人の子だというのなら、視界に入れるのさえ不愉快だ。

幼い竜胆はぎゅっと眉間にしわを寄せる。しかし。

「ここまで来れば言い伝えの効果もあるだろう。さあ、向こうには儀式が終わられた神々も揃われている。橋を渡り切る前に、お前はこれを付けなさい」

猫なで声を出した父親らしき男が突然そう言って、うつむく少女の首になにかを掛けた瞬間。

目を見開くような出来事が起こった。

ぱっと、一瞬にして目の前からあの少女の姿が消えたのだ。それこそ、まるで誰かに〝神隠し〟をされたみたいに。

そこには最初から誰もいなかったかのような静寂が生まれた。

芽吹き始めていた彼女の霊力の欠片も、跡形もなく霧散している。

「――嘘だ」

竜胆は信じられない思いで、はっと息を詰めた。

どれだけ彼女から感じていた霊力を探ろうとも、存在そのものが神世から消えている。

どういった理由からかは不明だが、彼らは彼女を神々の目に触れさせないようにしたのだ。

(これが〝神隠し〟でないとするならば……噂に聞く呪具かもしれない)

〈始祖の神々〉が降り立った頃より受け継がれている呪具や神器の類であれば、それくらいの芸当も成せるだろう。

竜胆は怒りに震える指先をぎゅっと握りこみ、拳を作る。

怒りを抑えようとすればするほどぎりぎりと骨が鳴り、爪が肉に食い込んだ。

朝霧は普段は冷静すぎる竜胆の怒りに満ちた様子に困惑し、彼の視線を辿《たど》る。

そして神々が集まる神苑へ不遜にも近寄ってきた人の子たちを見つけて視線を鋭くし、竜胆を護衛するために一歩、歩み出る。

華々しく着飾った集団は表情ひとつ変えずに太鼓橋を渡り切ると、神々の一族を見つけるやいなや「これはこれは、皆様お揃《そろ》いで」と大げさに相好を崩した。

「尊き四季幸いをもたらされし神々の皆様におかれましては、ますますご清祥《せいしょう》のこととお慶《よろこ》び申し上げます」

集団の長らしき老齢の男は、蔵面で顔を隠した幼い神々たちに頭を下げる。

鷹揚《おうよう》な動作はわざとらしくも見える。先ほどまでの傲慢な態度を知る竜胆は、蔵面の裏で睥睨《へいげい》しつつそれを受けた。

他の神々たちも戸惑っているのか、言葉を発することはない。

無理もないだろう。今年の吉日であればいつ行っても構わない『天花詣』を、わざわざ『開闢の儀』を執り行う本日に当てた春宮家に、不信感を抱いているのだ。

「春宮殿もご健勝そうでなによりじゃ。本日は『天花詣』ですかな？」

こちら側では最も年長者である〈玄武〉の曽祖父が杖《つえ》を突きながら歩み出て、ひ孫を隠すように立った。

〈玄武〉を授かる一族の現当主である彼は、先代〈玄武〉の長子に当たる。

神の息子、そして補佐官として生き、すでに齢《よわい》九十を迎えた曽祖父は、神である自身のひ孫を眷属として守護することを使命としていた。

緊迫した空気を感じたのか、〈玄武〉は震えながら曽祖父の足にしがみつく。

「ええ。我が春宮家の後継ぎである日菜子が、数え八つを迎えましたので。歴々の皆様にご挨拶をと。偶然にも今代の神々の皆様に拝謁することができ、恐悦至極に存じます。まるで運命のお導きのようだ。なあ、日菜子？」

「はい、お祖父様！」

真っ赤な晴れ着の少女は神々を目の前にして神気すら感じていないのか、緊張感の欠片もない。

それどころか年齢の近い男子を目の前にしたような態度だ。

その実、竜胆の憶測は外れていなかった。それどころか少女は内心、

『聞いて驚きなさい？　私こそが神様《あなたたち》の巫女になる娘よ！』

などと罰当たりにも息巻きながら、威張り散らした表情で鼻息荒く胸を張っていた。

（神と人の子の違いすら理解していないのか？　……まるで愚かな人の子の代表格だな。もっとも、神々に選ばれなければ継ぐ跡もないだろうに。まさか自分が特別だとでも言いたいのか？）

侮蔑を含んだ視線を彼らへ向けていた竜胆は、ふいっと視線を逸らすと、紺色に白雛菊の晴れ着姿の少女を捜すために、意識を集中させる。

瞳を閉じて感覚を研ぎ澄ますと、彼女の魂の気配を見つけることはできた。

しかし、相変わらず姿も霊力も認識できない。

これじゃあまるで、死者の霊魂の残滓《ざんし》だ。

他の神々の視線の動きを観察してみても、彼女を認識している様子を見せている者

はいない。

もしも彼女からは竜胆たちの姿が変わらず見えていたとしても、うつむき縮こまっていたあの様子では、自分がどんな状況に置かれているかさえ気がついていない可能性が高い。

言葉を直接交わして、瞳に己を映してもらうことすらできない事実に落胆を禁じ得ない。が、仮に映してもらえたとしても、彼女に見せられるような表情をしていないのは自分が一番わかっていた。

（それに、きっと……ここで声を上げても無駄だ。見間違いだと主張されるか、本格的に彼女を隠されるかもしれない）

なにしろあの男の言い分では、ここへ連れて来た孫娘はひとりしかいないことになっている。

竜胆は溢れ出そうになる殺気を抑えるために再びぐっと拳を握り込み、足早に踵を返す。

神であれ、幼い己では腕力や財力だけでなく、残酷な謀略も大人には敵《かな》わない。それがたとえ人の子相手だとしても。

日本には神に足枷《あしかせ》を嵌《は》める法律も多い。国家に属する、霊力を操る者たちによる対怪異、対堕ち神の特別対策機関――『特殊区域監査局』の討伐対象に認定されでもしたら一巻の終わりだ。

今はとにかく、彼らに己の本心を気取られぬようにするのが幼い自分にできる唯一の得策だろう。

（――彼女は僕のものだ。彼女を愛さぬ人の子たちの好きにはさせない。誰よりも彼女に相応しい存在になり、彼女を僕のものにする機会を一刻も早く摑まなければ）

蔵面の下、竜胆は爛々と青い双眸を輝かせながら決意した。

狭霧家本邸で行われた祝宴に無表情で出席し、分家同士の嫌みの応酬が始まったところで「失礼する」と一言断るのみで中座した竜胆は、書庫へ向かう。

側近の朝霧も締め出し、それからは昼夜を問わず狭霧家の蔵書を読み漁《あさ》った。

本邸の書庫にある文献や史料、論文を読み終える頃には、閲覧厳禁とされる禁書が納められている蔵に幾重にも張り巡らされた強固な霊符の封を解くまでに成長していた。

竜胆は出生時より常日頃、社交の場や神城學園において周囲から『孤高の異才』と評されている。それは現存する十二の神々の中で最高峰の神気と強力な異能を持つこと、そしてその年齢に反する頭脳明晰《めいせき》さが理由だろう。

だが、それにしても。その成長速度には目を見張るものがある。

十二天将宮に祀られている歴々の神々が過去に施した霊符を、たったの八歳で解いてしまった事実に、狭霧家の者たちの中には恐れをなす者も出始めたくらいだ。

けれども竜胆はそれを意に介すこともなく、眷属の者たちの入室が不可能な禁書蔵に足を運ぶ。

禁書に記された日付からの推測によると、蔵の封咒《ふうじゅ》が解かれたのはどうやら江戸末期以来らしい。

しかし書物が煤けた様子はない。埃が積もっている様子も、蜘蛛《くも》の巣が掛かっている様子もないのは、それだけの術がかけられているからなのだろう。

禁書には強固な神域の創造法や〝神隠し〟に関する記載が多くあった。

「……自身の神域を持つ神々はそれなりに存在するが、神格によっては小さく狭いものになる」

また神気の量の関係から維持できる時間が限られている者も多いらしい。

「広大で緻密な世界観を持たせた神域を、数年間単位で維持できる者は稀である。その神域に人の子を招き〝神隠し〟を行える者も同じく稀な存在となる……か。まずは神域の拡大から始めるべきだな」

神域ならすでに物心ついた頃から持っている。

けれども、その強度と領域の広さに関しては今まで無頓着だった。

(彼女が春宮家の娘だとしたら、次に神世へ来るのは『天寵詣《てんちょうもうで》』の時か)

人の子にとって普段は足を踏み入れられない神世、それも霊験灼《れいげんあらた》かな十二天将宮で歴々の神々に参拝できる機会はとても貴重だ。

狭霧家の当主である父に尋ねたところ、四季姓を持つ家系でも十二天将宮への参拝が可能なのは本家の血筋に生まれた者だけだそうだ。境内までは使用人の同行が許されているものの、その使用人たちも分家筋の者と決まりがあるらしい。

(そんな貴重な参拝の機会を逃したりはしないだろう)

昔から本家に子供が生まれた時には、生後一ヶ月の『お宮参り』で歴々の神々へ子宝を授かった感謝を述べ、その子供が巫女候補、あるいは〈神司《かんづかさ》〉候補であると報告を行い、心身の健やかな成長を祈る。

そして数えで八歳の年に『天花詣』、数えで九歳の年に『天寵詣』を行う。特に女児はなにを差し置いても儀式を行うべきとされていた。

【四季を戴《いただ》く】

【天寵天花の愛し子こそ】

【命《みこと》を紡《つむ》ぎし姫巫女たるや】

生まれてすぐに歴々の神々に御目《おめ》通りを済ませ、八つで愛し子として霊力のさらなる開花を願い、九つで天より寵愛《ちょうあい》を授けられた者は〝特別な運命〟を歩むことができる……と、四季姓を持つ家系では言い伝えられているらしかった。

（春宮家の当主は、どちらの孫娘も〈神巫女〉にしたかったのかもしれない。わざわざ彼女にだけ強力な呪具を持たせて、僕たちの目には映らないようにした理由は謎だが――）

単にもうひとりの孫娘を今代の神々へ売り込むために、目立たせたかったのならばまだいい。

彼女があの場で目立っていなくとも、番である竜胆には運命を感じさせるだけの時間があった。他の神々に見せるまでもなかっただろう。

（そうであってほしい）

いや、そうでなくては困る。

別の理由では、現世に手出しできない竜胆の手には負えない。

あの時の怒りを鎮めるには、そう思い込むしかなかった。

そんな懸念をよそに、完全に消えてしまっていた彼女の存在や芽吹き始めていた霊力の片鱗《へんりん》は、あのあと竜胆たちが十二天将宮から出てしばらく経った頃にはふと感じられるようになっていた。

(今も、目を瞑れば彼女の魂の気配や霊力の片鱗を感じることができる)

神世ではないものの、現世のどこかに確かに生きている彼女の存在に、竜胆の口角は小さく上がる。

真名を知れさえすればもっと明確に彼女の居場所や状況を把握でき、〈青龍〉としての加護——穢れや災いを受けにくくするための神の寵愛の印《しるし》も与えることができるだろうが……。

残念ながら、神世にある国立図書館の資料室で閲覧できた春宮家の家系図における直系長子の欄には、鬼籍に入っている壱ノ妻とのあいだの娘として〝壱ノ姫〟、現在婚姻関係にある弐ノ妻とのあいだの娘として〝弐ノ姫〟としか名前が記されていなかった。

どうやら公にされている人の子の家系図では、役職を持つ者や功労者、罪人の真名だけを開示し、それ以外の者の真名は意図的に伏せるのが習わしらしい。

（一年以内には、逢《あ》えるだろうか。その時に真名を尋ねられたらいいが）

真名を知った上で神域に連れ帰れば、あとはどうとでもなる。

彼女こそが〈青龍の番様〉だと両親が知れば、狭霧家の将来の花嫁として、神世での生活も安泰になるだろう。

神が宣誓しさえすれば、春宮家側も番様を引き渡さないなんてことはできまい。

（それまでになんとしてでも、理想とする神域を完成させないとな）

万が一、番様の身になにか起こった時も、神域があれば緊急の避難場所にもなる。

神域とは神とその番様にとって、この世で一番安全な場所なのだ。

本人に拒否されるなんて未来は少したりとも考えていない竜胆は、手のひら上で異能を操りながら、小さな氷の彫像を作り上げる。

精密な異能操作によって出来上がったあの日の彼女の彫像は、まだ竜胆が目にしたことのない微笑みを浮かべていた。

（……僕が話しかけたら、微笑んで、くれるだろうか）

こんな風に、穏やかな微笑みを浮かべてくれたらとても嬉しい。

この世のどんな幸福にも代えがたい瞬間だろう。

（どうしようもなく彼女に会いたくて、心が落ち着かない。……早く会いたい）

けれども残念なことに、政府に定められた法律が邪魔をする。

過去、初めて降り立った現世で穢れに当てられてしまい、命を落とした未成年の神々が多かったこと、それから霊力のない人の子が幼い神々を連れ去る悲惨な誘拐事件などが起きたことから、巫女を持たない十五歳未満の神々が現世へ降り立つことは法律で禁じられている。

またどんな理由があろうと、法律上、十五歳未満の神々は〈神巫女〉を持ってはいけない決まりだ。

というのも大正時代の中頃に、年嵩《としかさ》の〈神巫女〉に拐《かどわ》かされて未成年の神々が行方不明になったり、偏った知識を植えつけられたせいで道を踏み外し、新興宗教の教祖になるなどして暴動が起きた事件が原因である。

その他にも、神々に対する法律が制定されていなかった時代には多くの問題が頻発《ひんぱつ》した。

四季幸いをもたらすはずの神々が悪しき巫女によって穢されると、日本の気候に異常が起き四季が乱れるだけでなく、山崩れや水害などの災害が目立つようになり、作物が育たなくなるほか家畜にも疫病が蔓延《まんえん》し、海や川までもが汚染されていく。

それは日本に住まう人の子たちの生活を脅かす、由々しき事態であった。

その後は『神々を守るため』という名目で法律が制定されたが、時代の流れとともに、今は神々に足枷を嵌める法律も増えた。

代表と言えるのが、特定の〈神巫女〉を持たない神々が現世に降り立つには、政府機関と繋がりのある『特殊区域監査局』に属する〈準巫女〉を雇用し、その監視下で生活しなければならないなどの法律である。

しかし、『特殊区域監査局』から派遣される〈準巫女〉を一度でも雇うと厄介なことになる、というのはよく聞く噂だ。

そのひとつに、ある神が現世に降りるために〈準巫女〉を雇ったが、数年後に〈神巫女〉を見つけたため解雇しようとしたところ、〈神巫女〉の暗殺を謀られたという話がある。

〈暗殺されてしまった〈神巫女〉は、その神の番様だったというのだから、なんとも恐ろしい話だな〉

あの日、紺色に白雛菊の晴れ着姿の少女から感じた、まだ芽吹き始めたばかりの霊力の片鱗から、彼女が自分の〈神巫女〉でもある可能性が高いと直感していた竜胆にとって、現世に降り立つためだけに、わざわざ将来邪魔になるリスクの高い〈準巫女〉を雇うのは本末転倒と言えた。

それからというもの、竜胆は睡眠も飲食も忘れて神域の形成に没頭した。

もちろん、両親はそんな我が子を心配した。

まだ幼い我が子が、今までは不服そうながらも黙って通っていた神城學園の初等部に通うことを拒否し、睡眠も飲食も放棄して、禁書蔵でとてつもない神気を操り続けているのだ。流石《さすが》に見過ごすわけにはいかない。

「〝生き神〟として、人の子と同じ肉体を持って生まれたことを忘れてはならない」

「そうよ、竜胆。子供には充分な睡眠と栄養たっぷりのご飯が必要だわ」

両親は毎日、禁書蔵の前にやって来ては竜胆を厳しく諭した。

しかし両親の言葉が今さらながら疑問に思えてきて、竜胆はこてりと首を傾げる。

「でも、僕には必要なさそうです」

龍神の瞳孔が、心底不思議そうに両親を見上げる。

竜胆はあの少女を見つけた日をきっかけに、幼いながらもすでに〝一柱の神〟として覚醒してしまっていたのだ。

両親ははっと息を呑み、困惑を浮かべた顔を見合わせる。

〈青龍の眷属〉として、神の意向に沿うのが務め。

だがなによりも、ふたりは竜胆と血の繋がった家族だ。

睡眠や食事を蔑ろにする我が子に対し、人の子の肉体を持って生まれた限り必要不可欠な事柄を教えるのは、両親としての義務である。そして同時に、息子の健やかな成長を喜び、没頭できる分野を制限なく自由に学ばせるのもまた、親としての愛だろう。

「……わかったわ。疲れたら休憩をとって、しっかり食べるのよ」

「根を詰めるのもほどほどにな。よく食べよく睡眠をとらなければ、将来身長が伸びなくなるぞ」

両親は『仕方のない子だ』という表情をしながら、かなり譲歩した言葉を伝えて、代わる代わる竜胆の頭を撫でた。

本邸に帰る両親の背中を見送った竜胆は、ぽつりと呟く。

「…………身長、伸びなくなるのか」

（それは嫌だな……）

母から無理やり持たされた銀製のトレーに載っている、まだ湯気のたつあたたかい食事に視線を落とし、竜胆は禁書蔵に引っ込んだ。

──しかし。

一年以内などと、悠長に構えていたのがいけなかったのかもしれない。

暦は師走の半ばに差し掛かり、寒空の下でちらちらと初雪が降り始めたある日。

「…………はっ！」

竜胆は突然の衝撃に心臓を押さえ、息を詰めた。

どくんと、鼓膜にはいやに大きな鼓動の音が響く。

（……そんな、まさか。彼女の魂の気配が……跡形もなく、搔《か》き、消えて──っ）

それは、いつものように竜胆が禁書蔵に閉じこもり、古の禁術を学んでいた時。

彼女の霊力が目覚め、大輪の花の如《ごと》く咲き誇り始めたのを感知してから、一刻も経《た》たぬうちの出来事だった。

「どう、して……」

予期していなかった事態に、はあ、はあ、と呼吸が浅くなり、目の前が真っ暗になる。

（理解できない。だって、さっきまで、目覚めたばかりの彼女の霊力を感じていたのに）

その霊力は、この世のものとは思えぬほど素晴らしいものだった。

始まりは春の訪れを告げる風が一陣。

あたたかな陽光が照らす大地に、あまたの植物が次々と芽吹いていく。

苔《こけ》むす巌《いわお》によって堰《せ》き止められていた川は。

雪解けのためか水飛沫《みずしぶき》をあげ、一気に流れて銀糸の滝を創り出した。

匂い立つ甘い香りとともに咲き誇るのは。

――視界を覆い尽くすほどの、満開の藤の花だ。

風に靡《なび》いてしゃなりと揺れる淡紫の花が、太陽の光に透けて幻想的に輝く。

どこまでも、どこまでも続く、甘やかな藤の杜《もり》――。

〈彼女の霊力が伝える光景のなんと美しいことだろう〉

麗しの春の宮が、そこにはあった。

それはそれは心地よい、清廉な霊力だった。

それも、五行の偏りのない莫大な霊力。

竜胆はその時、『ああ、やっぱり彼女が〈青龍の巫女〉だったか』と確信さえしたのだ。

けれども。今はまったくその気配は感じられない。

霜月の折に呪具で隠されたのとはまた異なる、魂そのものが失われてしまったかのような、存在の消失だった。

身体中から血の気が引いていく。

どこもかしこもガタガタと小刻みに震えて、力が入らない。

「……彼女は、死んで、……しまったのか…………？」

魂の気配が掻《か》き消えるとは、それすなわち完全な死を意味する。

死んですぐの魂は現世に留まるものや黄泉路《よみじ》を旅するものも多いが、掻き消されたとなると術者によって現世からも黄泉からも祓われ――――。

「そ、そんな。そんなの、嘘だ…………嘘だ、嘘だ、嘘だ、うっ、ああ――――――――っ!!」

それは竜胆が、初めて絶望の深淵に叩《たた》き落とされた瞬間だった。

幼い龍神の激しい慟哭《どうこく》が、禁書蔵だけでなく強固な結界で覆われた狭霧家本邸の敷地全体にまで、轟々《ごうごう》と響き渡る。

制御できなくなった神気の暴発が起き、まるで地響きのごとくびりびりと硝子や建物を揺らした。

しかしそれもすぐに新たな衝撃波に上塗りされていく。

暴発していた強力な神気は、竜胆の感情の爆発と意識の混濁とともに少しずつ濁りを生じ、次第に紫色に転じ始めたのだ。

それは彼女の死という堪え難い絶望に呑み込まれ、竜胆が瘴気を生んでしまった結果だった。

禁書蔵の外からは、阿鼻叫喚《あびきようかん》の悲鳴が上がる。

「こちらに強い神気と瘴気にあてられて意識不明の者が！」

「漣《さざなみ》家のご当主に連絡して〈灑巫女《しやのみこ》〉の派遣を要請しなさい！　今すぐに！」

「だから若様は危険だと言ったんだ！」

「朝霧！　今は旦那様に式を飛ばしている場合ではない！　誰か、すぐに『特殊区域監査局』に通報しろ！」

「お待ちください！　そんな、通報だなんて……。旦那様の許可を、いえ、せめて奥様の許可を得てからでも……っ」

「誰か朝霧を押さえておけ」

「……ぐっ」

朝霧はその場にいた分家の当主、旦那様の留守を預かる当主代理によって力ずくで羽交い締めにされる。

大人の力で押さえつけられては敵わない。自身のあまりの無力さに、朝霧は奥歯を嚙み締めた。

「まだ動ける者はいるか⁉　若様のおられる蔵に封咒を！　ないよりはマシだ！」

直接神世の救急隊を呼ばないのは、不特定多数の者に知られて事を大袈裟《おおげさ》にしないためだ。その点、漣家はなにを秘匿すべきかをわきまえている。

竜胆の鼓膜の内側には、ぐわんぐわんと反響しているかのごとく響く音としてしか捉えられない使用人たちの叫び声が、遠くで聞こえている。

けれど、真っ暗闇にいるせいでもうなにも理解できない。

長い睫毛に縁取られているがらんどうになった龍神の瞳から、つうっとひとすじの涙が零《こぼ》れ落ちる。

氷晶《ひょうしょう》の異能が荒れ狂う凍てついた青い世界で、小さな竜胆はひとり、もう見せてもらうことすらできない穏やかな微笑みを浮かべた氷の彫像を、そっと抱きしめた。

◇◇◇

「〝十二神将は吉将が木神〈青龍〉。真名を狭霧竜胆。八歳。――お前で間違いないな？〟」

監獄の看守を彷彿とさせる白地の制服を着た二十代後半に見える長身の男が、無感情で抑揚のない低い声で問う。

その問いで混濁していた意識がようやく浮上し始めた竜胆は、ゆっくりと顔を上げた。

「間違いありません」

男からの問いに唇が自然と動く。

ふと気がつくと、いつのまにか狭い部屋の真ん中で、竜胆は自分の両膝を抱きしめるようにして座り込んでいた。

「……………誰？」

「十二神将は吉将が木神〈六合〉。『特殊区域監査局』に所属する上級刑務官だ」

藍色の長髪を首の後ろで一本の太い三つ編みにまとめている金色の双眸の美丈夫は、無表情のままそう言った。

立派な制帽の中央には、八咫烏《やたがらす》を榊《さかき》の葉が取り囲む金色の帽章が掲げられている。

（腰に佩刀《はいとう》している日本刀も、同じ意匠で拵《こしら》えられている。……ということは）

どうやら狭霧家の者から、霊力を操る者たちによる対怪異、対堕ち神の特別対策機関『特殊区域監査局』へ通報されたらしい。

竜胆が入れられているのはその建物内にある座敷牢《ろう》だろう。

男の立つ廊下を区切る木格子以外、空間には窓ひとつなく、霊符や呪符が壁や天井にびっしりと貼られている。赤黒く変色している文字から推測するに、術者の血が用いられているに違いない。

どれほどのものか、試しに異能の力を足元に集めてみるも無数の氷の剣が畳を貫くことはなく、氷晶が舞う竜巻が一回転するだけに終わった。

「無駄だ。異能は使えない。この牢の結界は往年の腕の立つ術者が寿命と引き換えに結んだ、対堕ち神用の特殊なものだからな」

竜胆と同じく十二の神々のひとりであると名乗った男が言う。

男は確かに神気をまとっているが、『特殊区域監査局』の刑務官だとしたら今の竜胆とは相対する地位に就いている。

（神であるのに、なぜ。……警戒する必要があるな）

虚《うつ》ろな様子の抜けきらない竜胆は、懐疑心を爛々と湛《たた》えた青い瞳で挑発的に〈六合〉を仰ぐ。

「…………僕はどうなるのですか」

「まるで手負いの子猫だな。そう警戒しなくても、我々はお前を取って食ったりしない」

カツン、カツンと軍靴の音を響かせながら、〈六合〉は木格子のぎりぎりまで歩み寄る。

（いったいなにをする気だ）

そんな竜胆の警戒に反し、〈六合〉は表情を変えぬまま神気を集中させ、白い手袋に包まれた手のひらを霊符に翳《かざ》す。そして木格子に張られた封咒を燃やし尽くす方法で解くと、その扉を外へと開いた。

長身の美丈夫は両膝を抱えて座り込んでいる竜胆を見下ろしながら、「来い」と短く告げる。

「…………『特殊区域監査局』は、堕ち神を討伐なさるのでは？」

「幼いのによく知っているな。確かに我々は堕ち神を討伐する。しかし聞き分けのいい堕ち神は別だ」

「聞き分けの、いい…………」

「今回の出来事は情状酌量の余地がある」

見上げる。

それでも竜胆は彼を信じる気にはなれず、座り込んだまま、懐疑心を隠さぬ様子で〈六合〉はその金色の双眸に遠い日の哀傷を滲ませ、竜胆に同情する姿勢を見せた。

「我々が通報を受け、現場に到着した時。お前は確かに神気の半分ほどを瘴気に転じさせ、異能のコントロールを失う形で堕ちていた。しかしながら、半分は神気を維持していたとも言える。精神を瘴気に侵蝕されながらも禁書蔵《テリトリー》から一歩も出ず、無差別な殺戮《さつりく》を行わなかったのは、堕ち神として非常に珍しいパターンだ」

〈六合〉は腕を組み、うっすらと口角を上げた。

「その上、制御不可能となっていた異能を無意識下で行使し、禁書蔵周辺に頑丈な氷の荊棘《いばら》を形成して他者の侵入を拒んでいた。状況から鑑みるに、お前は己の内に瘴気を溜《た》め込むばかりで、外部を瘴気で汚染し尽くす意思や眷属を攻撃する意思がまったくなかったのだろうと窺《うかが》えた」

「…………………」

「暴発したお前の神気に当てられた眷属も今は回復し、被害も最小限だ。幼くも、次期当主としては将来有望だな」

「……それは良かったです」

絶望感から意識が混濁していたせいで、なにも覚えていない。

しかし、常日頃、両親や眷属には迷惑をかけまいとしているので、潜在意識がそう働きかけた可能性は十分ある。

〈六合〉が語る当時の様子が真実なのだとしたら、ここは『覚えていません』などと素直に申告せず、黙っておくのが賢明だろう。

「上層部での協議の結果、穢れの侵蝕が堕ち神として即討伐対象となるほどの危険域には達していない点、そして今回の事象には特定の穢れといった外的要因が存在せず、また呪詛を行い神々としての魂を自ら貶《おとし》めた形跡がないという三点から、この件を〝事故〟と判断することにした。結論として、今回の件では今代の〈青龍〉を討伐対象には認定しない」

「……そう、ですか」

竜胆は静かに、無意識のうちに肺に詰めていた空気を吐く。

たったひとりの大切な番様の死という絶望を経験した今、暗闇の深淵で生きていくしかない己の生き死にに執着しているわけではない。だが。

（彼女が死に、魂を完全に消失させるまでに至った理由を知らずして、――彼女を殺《あや》めた人間がいるのなら、その人間を始末せずして死ぬわけにはいかない）

今ここで、たった一度堕ち神化したという理由だけで、『特殊区域監査局』の刑務官に討伐されるわけにはいかないのだ。

「一時間後、我々はお前を釈放し、お前の両親に引き渡す予定になっている。それまでに、私からいくつか話すべきことがある」

来い、と再び告げた〈六合〉は、両膝を抱えていた竜胆に向かって手を差し伸べる。長身を屈《かが》めて幼い子供の目線と視線を合わせることすらなく、ただまっすぐに。

（……今までは一人称を『我々』と表現していたのに、わざわざ『私』と言い換えたのは、なぜだ？　『特殊区域監査局』の刑務官としてではなく、十二の神々の同胞として話がしたいという意味か？　けれど、明らかに二十は年齢差がありそうな僕に対して、いったいどんな理由があって……？）

竜胆は少しのあいだ逡巡《しゅんじゅん》し、警戒心は解かずにおこうと心に決めると、

「……わかりました」

聞き分けのいいふりをして、白い手袋に包まれた〈六合〉の手を取り立ち上がった。

霊符や呪符に覆われた座敷牢から出され、「こちらだ」と一言告げた〈六合〉から案内されたのは、同じ建物内にある彼の執務室だった。

途中、〈六合〉と同じ看守のような制服を着ている数人の刑務官らしき人物とすれ違ったが、彼らは皆、〈六合〉の姿を目にするやいなやきびきびとした動作で道の端に避け、「お疲れ様です、六合上級刑務官」と敬礼していた。

（どうやら上級刑務官という役職は、『特殊区域監査局』内において地位が高いらしい）

竜胆はそう考えながら、執務室の応接用ソファに腰掛ける。

テーブルを挟んで目の前に座った長身の美丈夫は顔色ひとつ変えないが、どこか考えあぐねている様子だ。

そこに、「失礼いたします」と扉の外から入室の許可を求める女性の声が響く。

「お飲み物をお持ちいたしました」

〈六合〉の「ああ」という返事の後、入室してきたのはお盆にふたつのカップを載せた二十代前半の女性だった。

（……人の子か）

本日初めて目にした人の子に敵意を持って過敏な反応を示した竜胆は、凍てついた瞳で彼女を観察する。

制服は同じだが、〈六合〉の襟章とは違う。階級を示す星の数も少ない。もしかしたら噂によく聞く『特殊区域監査局』の〈準巫女〉なのかもしれない。

女性はびくりと肩を揺らし、〈六合〉に縋《すが》るような視線を向ける。

その視線に含まれた甘えの感情に、〈六合〉の〈神巫女〉だったか、と思い直したものの、執務室内の空気は良くない。

案の定、〈六合〉は女性の視線を無視して、「ご苦労。では退室を」と促した。

「六合様！　堕ち神との同席は穢れに当てられる心配がありますので、ぜひ私をおそばに……！」

「退室を。心配は無用だ」

「ですが……っ。今は瘴気を神気でコントロールできている状態とは言え、いつまた堕ち神化するかっ」

「彼は優秀だ。我々が刃を向けぬ限りその心配はない」

「おっ、堕ち神なのですよ⁉　信用できません！」

「堕ち神である前に。彼は十二の神々のひとり――〈青龍〉だ。口を慎め」

淡々と無感情そうな印象のある〈六合〉にそこまで言わせるのだから、この女性は〈六合〉の穢れを取り除く役職にはついているものの、それまでなのだろう。

女性はまだなにか言い足りなそうにしている。

が、縋るような視線を残し、渋々といった様子で出ていく。

パタンと扉が閉まる音がした後も外には女性の気配があったが、〈六合〉が結界を張ると、諦めたように去っていった。

（防音結界の術式と守護結界の術式の組み合わせか）

呪符もなく無言で高度な結界術を行って見せた〈六合〉を、竜胆は冷静に分析する。

目の前でこんなに神気に満ちた綺麗な結界を編まれたのは初めてだ。眷属の両親もそれなりに霊力は強い方だが、やはり神と眷属では一線を画す。

（さっきの人の子の霊力では、いくら結界術に優れていようと、盗聴用の式も突破できないな）

「あいにく子供の好む飲み物がわからなくてな。オレンジジュースで良かったか？」

「……お気遣いなく。ここで出された飲み物に安易に口をつけるほど、純朴ではないので」

「ほう。よく回る口だ」

〈六合〉はどこか面白そうにうっすらと笑みを浮かべると、コーヒーカップに口をつける。

けれども彼はそれ以上、竜胆に飲み物を勧めようとはしなかった。

「なにから話すべきか……。そうだな。まずは私の昔話でもしよう」

「昔話？」

「〈六合の番様〉の話だ」

そう告げた〈六合〉の顔が哀愁で翳《かげ》るのを見て、竜胆は悟る。

（彼は僕と同じだ。――番様を、亡くしている）

「……聡《さと》いな。その通り。私はたったひとりの〈神巫女〉と〈番様〉を同時に亡くした。……いや、奪われたと言うべきか」

彼は自嘲気味に眉を下げ、憂いに満ちた目を伏せた。

「……私が神城學園の高等部に進学後、『巫女選定の儀』が行われることになった。当時十六歳だった私は、ふたりの同胞とともに現世に降り立った。そこで〈六合の巫女〉を見つけた。彼女は百花女学院に通う、十六歳の巫女見習いだった」

竜胆は神城學園初等部に置いてあるパンフレットでしか見たことのない百花女学院の学舎と、『巫女選定の儀』が行われる百花女学院の講堂と記されていた一枚の風景写真を思い浮かべる。

そこに目の前の長身の美丈夫を落とし込もうとしたが、あまりにも彼に監獄の看守のような制服が似合いすぎているせいで、上手《うま》く想像できなかった。

〈六合〉は訝《いぶか》しげな表情を浮かべた竜胆を見やると、金色の目をどこか優しげに細める。

「彼女とは休日ごとに会い、親交を深めた。三年が経った頃には、私は彼女に深い思慕の情を抱いていた。……卒業したら神嫁になってほしいと、告げるほどに」

「……神嫁」

竜胆はそっと息を吸う。

〈神巫女〉や〈準巫女〉が神と婚姻を結び花嫁になる場合、彼女たちのことを〝神嫁〟と表現する。

それは神が本能で選ぶ唯一の人の子である〝番様〟と区別するためだ。

往年の番様が全員霊力を持っていた、あるいはなにかしらの職に就く巫女だったとは一概には言えない。まったく霊力のない番様も、ごく稀にいたらしい。

そのため〈神巫女〉を持ち、妻として番様を持つという神が多く存在した。

大正時代頃までは若くして亡くなる神々や眷属が多かったという理由から、次代の神を産む可能性のある直系眷属を増やすためにも、神々はどちらも正室や側室として迎え婚姻関係を結んだそうだ。

とは言え近年では〈神巫女〉をビジネスパートナーとし、神格を上げるために番様と婚姻するのが理想的とされている。

理想的、と表現されるのには理由がある。

現在、日本の総人口は一億二千四百万人。神といえど、そのすべての人の子と会えるわけもなく。また、同時代に運命の相手が生まれているかどうかすらわからない。

そんな中、たったひとりの番様を神が見つけるというのは奇跡に近い。

日本に四季幸いをもたらす十二の神々の一族としては、直系を絶やすわけにはいかない。そのため結婚適齢期になる前から、あらかじめ婚約者探しを始める家系もあるほどだ。

神が神嫁を娶るということは、番様という本能が欲する存在を完全に諦めることに繫がる。

本能よりもなによりも御家の繁栄を優先して、政略的に神嫁を娶らなくてはいけない神が多いという事実が、〈神巫女〉や〈準巫女〉という特殊な職業の人気の高さを押し上げる理由のひとつかもしれない。

しかし。〈六合〉は一族の繁栄のために止《や》むを得ずというわけではなく、深い思慕の情から〈六合の巫女〉を神嫁に選んだのだと言う。

（この世の奇跡にも似た運命の番を、魂が震え本能が欲する神の半身に等しい存在を、諦めてまでも――）

　幼くしてすでに自分の番様の存在を知っている竜胆には、到底理解できない感情だった。

「人間らしい、と思うか？」

「……そう、ですね。僕が想像していた〝六合上級刑務官〟よりもずっと」

「そうか」

　両膝の上に肘を突き手袋に包まれた指先を組んだ〈六合〉は、視線を床に落とす。

〈六合〉の瞼の裏には、十八歳になり百花女学院高等部の卒業式を迎えたあの日の、大切な巫女の袴姿が鮮明に浮かんでいた。

「……その後、彼女を神嫁に？」

　竜胆の問いに対し〈六合〉は首を横に振る。

「……私と彼女は当時、互いにまだ未成年の立場だった。卒業後はすぐに籍を入れる予定だったが、彼女の両親がそれを拒んだ。百花女学院の歴代首席には珍しく、彼女が一般家庭の出身だったせいだ」

　一般家庭とは代々霊力のない家柄を指す。

　昨今は報道各社の影響からか、霊力を持たない両親から霊力を持つ子供が生まれると、たいそう喜ばれると聞く。

（それがいったい、どうして）

「……娘が神嫁に選ばれるのは名誉なことであると、ご両親は思わなかったのでしょうか」

「ああ、そうだな。本当にただの一般的な家庭だったのなら、まだ良かったのかもしれない。だが彼女の生家は古くからなる大地主で、しかし巫女見習いを輩出した経験のない、現世における由緒正しい名家だった。霊力は名門校への入学資格程度にしか捉えておらず、巫女見習いとしての授業も花嫁修業と考えていたらしい」

娘が首席に上り詰めるほどの霊力を持っていようと、それすらも成績表の延長程度にしか考えていなかったのだ。

〈六合〉の脳裏には、初めて彼女の生家へ挨拶に訪れた日に彼女の親族から向けられた恐怖の視線や怯えた悲鳴が蘇《よみがえ》る。

懸命な話し合いの結果、彼女が結婚するまでの期間を〈六合の巫女〉として過ごすことは嫌々ながらも受け入れられたものの……。

それは単に、世間体の良い就職先として受諾されたのみで。

「『娘を得体の知れない存在にはやれない』と言われてしまった。……だからだろうな。私は余計に、人間らしくあろうとした。――彼女に釣り合う、ひとりの男になれるように」

〈六合〉は神世に留まらせようとしていた彼女を一度実家へ帰し、婚約期間を設けることにした。神城學園の大学部に通いながら、合間を見つけては菓子折りを持って両親に挨拶をし、彼女との時間を過ごしたのだ。

あの時。人間らしく振る舞うことに徹さず、もっと早く気がつけたら……手遅れにならずに済んだかもしれない。

〈六合〉は悔やんでも悔やみきれない思いを胸に、目の前に座る幼い神を見つめる。

「彼女の生家は山を含む多くの土地を所有していた。彼女の霊力が目覚めたのは、肉体のない神々、いわゆる山神や土地神の加護を幼い頃から受けるという、特別珍しい環境下で育ってきていたせいだ。山神や土地神は、快く私を受け入れてくれたように思えたが……」

山神や土地神は気難しい。閉鎖的で、かつ感情的な気質を持つものが多い。

今代の〈六合〉の神格は二級。十二の神々における神格階級のうちの上級位である。

山神や土地神の神格と比べると、〈六合〉の方が圧倒的に上だったが、それでも愛し子を横取りしていくような相手を快く迎え入れてくれる神は稀だ。

その点、〈六合〉は愛し子を預けるに相応しいと判断されたらしかった。

「だがある日、彼女の生家一帯は悪質な怪異に見舞われた」

「え…………」

「彼女が怪異に呑み込まれたことすら悟らせぬ、奇妙な怪異だった」

どこにいても感じられていた彼女の霊力には、なにも変化はなかった。

いつも通り、現世で穏やかに生きているのだと思い込んでいた。

しかし、その間にも彼女は怪異に呑み込まれていたのだ。

最悪なことは重なる。〈六合〉の与えた加護は、〈六合の巫女〉に迫る災いを災いとは判断しなかった。

それどころか山神と土地神の加護すら、その役目を果たさなかった。

「それは災いが、私のよく知る山神と土地神からもたらされたものだったからに他ならない。――山神と土地神は、言葉にするのも悍《おぞ》ましい呪術によって操られ……怪異を生み出してしまったのだ」

竜胆は思わず息を呑む。

彼女の実家が管理する山や土地すべてを丸呑《まるの》みしていた怪異は、〈六合の巫女〉の血肉を欲しがって一昼夜門を叩いていたのだという。彼女は結界を張って家族を守っていたらしいが、相当危険な状態だったようだ。――というのは、〈六合〉が『特殊区域監査局』に就職してから、調査報告書を読んでようやく知れた真実だった。

「その奇妙な怪異にいち早く気がついたのは、同じ現世に住まう四季を冠する名家。彼らは怪異を封じ、彼女の生家を見事守りきった。そして今後、その土地一帯を守護すると誓ったそうだ。命が助かった彼女の両親は、人間である彼らに『お礼を』と言い――彼らが望むままに、娘を輿入れさせた」

「…………は？」

狐《きつね》につままれたみたいな話だと、竜胆は目を見開く。

「御役目で禁足地から出てきたばかりの私がすべてを知った時には、彼女はすでに輿入れしていた。そして娘を身籠《みご》もり、出産後に息を引き取ったそうだ」

〈六合〉は胸の内の痛みを隠すかのように、無表情で言い切った。

（……どれほどの後悔と悲しみに暮れたのだろうか）

すべてが明るみになった時、神嫁にと望んだ愛する〈神巫女〉が他の男に奪われていたなんて。

予期せぬ政略結婚をした〈六合の巫女〉自身も、『怪異に触れて穢れた身では神嫁にはなれなかった』と、最後にはすべてを諦めきっていただろうことが想像できる。

けれど……ひと目、逢えたら、と切ない想いを抱えながら互いに思っていたに違いない。

しかし、神は婚姻関係のない人の子の葬儀には参加できない。それは死が穢れに通じるからだ。

死に目にも会えず、最期のお別れすら伝えられなかっただろう。

今は上級刑務官と呼ばれ『特殊区域監査局』でも恐れられている長身の美丈夫の想像を絶する過去に、同情せずにはいられない。

「私が人間らしくあろうとせず、有無を言わさず彼女の生家に結界を張り巡らせ、山神や土地神を私の眷属にしていたら、怪異に見舞われる心配もなかったのかもしれない」

〈六合〉の神力のもとに神格が下の神をくだせば、直属の眷属にできる。

契約は一代限りではあるが、その状態であったなら、山神や土地神も並みの呪術者の影響は受けなかっただろう。

「…………いや、それよりも」

〈六合〉は息を詰め、苦しげに絞り出すように言葉を紡ぐ。

「私が神らしく、最初から彼女を〝神隠し〟していたら、あるいは――……」

付け入られる隙など、なかったのに。

「後悔してもしきれなかった。そして、彼女の魂が黄泉路へ消える時……私はようやく本能で理解した。――彼女こそが、私の番様だったのだと」

幼い頃から人の子への憧れがあった。

他の神々よりも本能の覚醒が遅くても、別にいいとさえ思っていた。

それで彼女を神嫁にできるのなら――本能など、いらないとさえ。

……そう。これは、人間になろうとした自分への罰だ。

〈六合〉は「おかしければ嗤《わら》うといい」と自嘲気味な笑みを浮かべながら、長い足を組み替える。

そんなことを言われても、竜胆には嗤うことなどできなかった。

「神が人間らしくあろうとするなど、くだらない。心底馬鹿げている。――今ではそう思う」

「良心的な大人が子供に教える言葉ではないかと」

「〈六合〉という吉将神が、〈青龍〉という吉将神に伝えているだけに過ぎない」

「物は言いようですか」

竜胆が唇に排他的な笑みを浮かべると、〈六合〉は同じような笑みを浮かべてから眉を下げる。

「大切な番様の手を自ら離し、奪われたのは、……人間らしくあろうとした自分のせいだ。〈青龍〉、お前にはそうなって欲しくない」

「……………」

「お前の番様は、春宮家の娘なのだろう？」

「……どうしてそれを」

「事情聴取の際にお前の両親から、『先月の十二天将宮への参詣から、なにかに取り憑《つ》かれたみたいに根を詰めるようになった』と聞いた。参詣に同席した使用人からは、『天花詣に来ていた春宮家の者に会った』とも」

「どこから春宮家へ情報が漏れるかわからないので、あえて誰にもなにも伝えていなかったのですが……バレていた、と」

「いいや。懸念するような意見は散見されなかった。使用人たちにはお前の神としての能力を評価する意見が多く見られたが、『危険だ』と我々の前でわざと悪評を立て不必要に騒ぎ立てる者もいた。誰も真実には到達していないようだったな」

「そうですか。それはなにより」

「だが……。神域をどうこうしようとしていたのなら、同じ神ならば想像がつく」

つまり〈六合〉の推理の結果、というわけだろう。

それは神のみの入室が許されている狭霧邸の禁書蔵に、竜胆の許可なく〈六合〉が踏み込み、開かれていた禁書の数々を読まれたことを意味していた。

竜胆が〈六合〉をぎろりと睨み上げると、「そう毛を逆立てるな。この件は誰にも伝えていない」なんて、野良の子猫にでも接するかのごとく彼は横に首を振った。

「……それで？　六合上級刑務官殿はなにが仰《おっしゃ》られたいので？」

「私が神嫁にと望んだ〈六合の巫女〉が輿入れしたのは、――――春宮家だ」

「……春宮…………」

大きく双眸を見開いた竜胆の瞳孔が龍の如く縦長に開き、きゅっと狭まる。

竜胆の頭の中ですべてが繋がった。

春宮家の家系図にあった直系長子の鬼籍に入っている壱ノ妻こそ、無理やり輿入れさせられた〈六合の巫女〉。

その〈六合の巫女〉の壱ノ姫こそが、他の家族から不当な扱いを受けていた〈青龍の番様〉であると。

そして強い確信が生まれる。

彼女はなんらかの形で、意図的に隠されているに過ぎない。

（──彼女は、まだ、生きている）

一縷《いちる》の希望を見出《みいだ》すと同時に、ふつふつと沸く怒りから、龍神の青い瞳が手負いの獣のように爛々と輝く。

溢れ出す強い神気に黒髪がふわりと浮き上がり、膨張した神気が執務室内に張られていた結界の壁に触れて、バチバチと音を立てた。

そんな竜胆を見て、さすが現存する十二の神々の中でも最高峰の神格と謳われるだけのことはあるな、と〈六合〉は胸の内で冷静に判じる。

「……運命が。番様と成りえる人の子の存在が、お前を強く気高い神にする。そして衝動的な本能こそが神の証であり、また人の子とは一生理解しあえない部分なのかもしれない。……だが」

〈六合〉は金色の双眸に遠い日の憂いと憧憬を滲ませる。

「私はお前の神としての生き方を、羨ましく思う」

かちり、と時計の長針が静かに十八時を指す。『特殊区域監査局』から釈放される時間が迫ってきていた。

◇◇◇

竜胆は定刻通りに釈放されたものの、一度堕ち神となった神として、今後三ヶ月に一度のペースで『特殊区域監査局』に召喚されることになった。

現段階で堕ち神と化す傾向がないかの面談と、精神や肉体に蓄積された穢れの侵蝕と深度の検査が主だそうだが、要は討伐対象として認定すべきかどうか、『特殊区域監査局』がいち早く判断するための監視が目的だ。

数年後には半年に一度、その後も一年に一度、三年に一度のペースになるだろうという話ではあったが、億劫《おっくう》である。

しかも一度堕ちた神へ適用される罰則として、〈神巫女〉が見つかるまでは十五歳以降も〈準巫女〉を伴わずに現世に降り立つのは禁止されてしまった。

（法で定められているとはいえ、事故と判断された今回の件にも適用されるとは）

彼女が『巫女選定の儀』の会場にいなかった場合、最悪の未来が待っている。

竜胆は恨みがましい視線を〈六合〉へと向けたが、〈六合〉は「また三ヶ月後に会おう」としか答えなかった。

その後。狭霧家本家の邸に帰宅し、神気と瘴気の暴発で負傷させてしまった者達に謝罪をした竜胆は、一部の者たちが険しい表情で眼光を鋭くしているのに気がついたが、今は目を瞑ることにした。

(彼らの動向を注視すべきだろうが、今は……)

竜胆は踵を返し、再び、最近の根城である禁書蔵に引きこもる。

禁書蔵の外だけでなく蔵内もさぞ変わり果てた姿をしているだろうと思われたが、過去の〈青龍〉が張った神域に近い結界のおかげで、ほとんどが無傷だったことには驚くしかない。

竜胆は今からしようとしている禁術の記されている禁書を急いで探し出すと、支度を整え、〈六合〉の見よう見真似《みまね》で強固な防音結界と守護結界を張る。

(……一刻も早く、真実を突きとめたい)

準備は万全だった。

——その夜。

己が研鑽を重ねている最中の、まだ領域の境目に霧がかかりぼやけている箱庭に、ちりん、ちりん、と小さな鈴の音が鳴ったのを聞いた。

(耳にしたことのない音だ)

警戒心を強めた竜胆は邸を出て、庭園を抜け、神域の入り口となっている朱丹の鳥居まで出向く。

すると不思議なことに、そこにはあの紺地に白雛菊の花が咲いた晴れ着を身にまとった少女がいた。

「――――っ」

竜胆は息を詰め、彼女を見つめる。

彼女もまた、竜胆を不思議そうな様子で見つめ返してきた。

「あの……この辺りの方ですか？」

心細そうで儚い音色の、可憐《かれん》な声だ。

竜胆は彼女の声が聞けたことに目を見開き、これが夢だと自覚した。

彼女が死んでいないのなら、もしかすると……という一縷の希望を見出していた竜胆は、禁書蔵の書物に記されていた他人の精神に干渉し影響を及ぼす禁術――夢渡りの術を試していたのだ。

【夢渡り――ひとたび渡りて七魄《しちはく》を害し、みたび渡りて魂潰《こんつい》える】

禁書にはそう記されていた。

これは、人の子の三魂七魄《さんこんしちはく》に夢渡りの術が大きな影響を及ぼすことを示唆している。

三魂七魄とは、簡単に言うと魂には三つの側面があり、七つの感情を持っているという意味だ。

相手の肉体を傷つけることなく他人の精神に直接干渉できる夢渡りの術を使うと、術者の見せたいものを見せ続けることができるため、七つの感情を破壊できる。

そして三度渡った時には、相手の魂まで消滅させてしまうのだ。

しかし。これが禁術だからと言って、相手に必ず影響を及ぼすものではないと竜胆は解釈している。

禁術であるのは、夢渡りの術が言葉の見た目から連想するような逢瀬《おうせ》のために使用されてきたのではなく、呪術として使用されてきたからに過ぎない。

（ひとたび渡るだけなら、彼女の魂魄《こんぱく》は傷つくことすらないだろう。……とは言え、二度も三度も行う予定はないが）

術者が払うべき代償となるのは夢渡りの禁術符が必要とするだけの神気、または霊力。竜胆の神気も、たった一度の禁術符の行使でごっそりと奪われた。人の子では、霊力どころか寿命の半分を失うかもしれない。

（さすが三魂七魄に影響を及ぼす禁術。危険度の高さは折り紙つきだ）

禁術符に記す必要がある相手の情報には、【春宮家は直系長子に嫁ぎし〈六合の巫女〉の壱ノ姫】と書き記した。真名も知らない彼女とひと目逢えるかは完全に賭けでしかなかったが、どうやら成功したらしい。

（代わりに神気が想定よりも多く奪われた気もするが、問題はないな）

むしろ竜胆の持つ神気は、霊力を持つ人の子に畏怖を与える。彼女に怯えられるよりはいい。

けれども竜胆の期待に反して、彼女からはあの五行の整った清廉な霊力は感じられない。

やはり完全に、霊力を失っているみたいだった。

「その……ここは、どこでしょうか？　いつのまに外に出てしまったのか、道に迷ってしまったみたいで……」

「……迷子か。状況がよくわからないから、詳しく教えてくれないか？」

ここへ彼女を呼んだ元凶であるにもかかわらず、知らぬふりをして竜胆が問うと、彼女はこくりと頷く。

「えっと、その」

彼女の頭の動きに合わせて、ちりん、ちりん、と小さな鈴の音がした。

先ほど竜胆が耳にしていた音の出処は、どうやら彼女の髪飾りだったようだ。

だが華奢な摘み細工の白雛菊の半分には、以前見た時にはなかった炎で焼けたようなあとができている。

（まさか火をつけられでもしたのか……⁉）

瞬時に胸の中に灯った春宮家への殺意の炎を、竜胆は慌ててぐっと呑み込む。

釈放されたばかりだというのに堕ちでもしたら大変だ。

（上手く、やらないと）

じわりと神気のうねりが反転しそうになるのを、手のひらを胸に当てることでなんとか抑えて、竜胆は努めて優しく彼女の髪飾りに手を伸ばした。

すると、彼女はぴくりと肩を揺らす。

突然見知らぬ少年に髪飾りへ触れられたのだ、無理もない。

ちりん、ちりん、と困惑気味の鈴の音が鳴る。

「あの……」

「ああ、すまない」

（夢の中だからか指先に髪飾りの感触はない）

焦げたような匂いもせず、布地の変化を感じることはできなかった。

（本当に炎で焼けたあとなのか、なにかの呪術による穢れを示しているのか……。それとも身に起きた恐怖を彼女の精神が髪飾りの焼けあととして現しているのか、判断はつかないな）

だが、彼女の身になにか起きているのは明らかな事実だろう。

竜胆が髪飾りをいじっていた指先を離すと、少女はあからさまにホッとした様子を見せた。

「その……今朝は元気だったのですが、突然の高熱で、寝込んで、いました。……それで、お祖父様とお父様とお継母様がお見舞いに来てくれて、それからはずっと、怖くて痛い夢を見ていたはずなのに…………いつのまにか、ここにいて」

「……そうか」

どうやら彼女は残酷な悪夢に魘《うな》されていたようだ。

夢の内容を思い出したのか、顔を蒼白にしている。

彼女の言う突然の高熱は、十中八九、強すぎる霊力に彼女の肉体が耐えられなかったからだろう。

幼い神々や眷属の力が成長する過程でもよくある話だ。安静に数日過ごせば、大抵は肉体が神気や霊力に慣れてくる。

(だが、怖くて痛い夢とは？　確かに高熱が出たら魘されもするだろうが――。それが本当に夢だったのかどうかは、わからないな)

竜胆が彼女の霊力の目覚めを感じたのは朝方。

そしてそれから一刻もしないうちに、彼女の存在がすべて消失したのだから、祖父、継母によるお見舞いが、彼女を害したのは明白だった。

(彼女の霊力を奪い、魂の存在を完全に消失させるほどの儀式をしたに違いない。でも……いったいなぜ？　なぜわざわざ、神々から遠ざける必要がある？)

あの時の春宮家の第一印象を、ひと言で表すならば『傲慢』である。

そんな家が、わざわざ霊力の高い巫女候補を二度も神々から隠そうとする理由がわからない。

隠さずにいれば、彼女はじきに春宮家にさらなる栄華と莫大な富をもたらすだろう。

(傲慢な春宮家なら、喉から手が出るほどに欲しい要素をすべて持って生まれた娘。――そのはずだ)

竜胆はあれこれと考えてみるが、人の子の欲望は多岐に渡る。幼い自分では経験が浅く想像もつかない。

悔しいが、一度推理を諦めることにした。

（家族になにかされたのか？　と聞くのは簡単だが、残酷な儀式だとしたら……。

……今はまだ、夢だと思っていた方がいい）

成長するにつれて『あれは現実だった』と、〝夢〟ではなく〝記憶〟として思い出すかもしれない。

けれども、それはきっと彼女の心がもう少し大人になり、堪えられるようになった時だ。

（僕は彼女を追い詰める存在にはなりたくない）

竜胆はそっと口元にあたたかい微笑みを浮かべて、心細そうな彼女を見つめる。

「ここは見ての通り、ただの神社だ。君の家の近くかもしれない」

竜胆は彼女をこれ以上不安にさせまいと嘘を吐いた。

創造途中の己の神域に瓜《うり》ふたつの空間ではあるが、ここは夢幻の精神領域。

神域に〝神隠し〟できたわけではないので、彼女の意識を翌朝には返さねばならない。

もしも彼女が家族に内容を喋ってしまっても、『どこかの神社の夢を見た』くらいならば、『もしかすると十二天将宮の加護があったのかもしれない』と思われる程度だろう。春宮家に警戒されるおそれは低い。

「……自分の名前は覚えているか？」

　真名とは言わずにあえてそう問うと、少女はふるふると横に首を振る。

「名前、は…………わかりません。失《な》くしたのかも……」

「失くした？」

（まさか真名を奪われたのか⁉）

　真名の剝奪は、相当な重罪を犯した者の魂を縛りつけ従属させる刑罰だ。

　彼女がなにか犯したとは百パーセント考えられないし、それ以上に幼い少女に行う処罰ではない。

「私が、先に生まれたせいで。……わ、私にも、名前がちゃんとあったはずなのに……」

　彼女は大きな瞳いっぱいに涙を溜《た》める。

「お、お母様がつけてくれたのに。お母様が、わ、私のために考えてくれた、大切な名前だったのに……なくなっちゃった……！」

　悲痛な面持ちで双眸からポロポロと大粒の涙を零し始めた少女は、小さな両手で顔を覆った。

「…………っ」

竜胆は、穏やかな微笑みを見せてもらうどころか、目の前で大切な番様を泣かせてしまったという衝撃に打ちのめされ、どうしたらいいのかわからず狼狽《うろた》える。

「だ、大丈夫だ。名前も、僕がきっと見つけてみせる。だから……泣かないでくれ」

零れる涙を一生懸命に拭う少女の手の甲に、竜胆はそっと、自分の手のひらを添える。

「う、……ぐすっ……ふう……う……っ」

（ああ、そんなに涙を溢れさせていたら、綺麗な瞳が溶けそうだ）

指の腹で優しく拭っても、それでも次々にポロポロと零れ落ちる大粒の涙に、竜胆も困り果てるしかない。

（彼女の涙を止められる方法はなにかないのか）

頭を悩ませていると、思いのほかすぐにその方法を考えついた。

竜胆は自らの着物の懐に手を入れて、小さな巾着袋を取り出した。伝統的な織物《おりもの》を使った古風なそれには、きらきらと輝く色鮮やかな金平糖が入っている。

神世で有名な老舗和菓子店の代表作である、珠玉の逸品。

普段から頭脳や神気を酷使する機会が多い竜胆が、神として目覚めた後もなんとなく欲してしまう甘味である。

神世で作られたものだが、原材料の産地は現世だ。この場所は夢の中なので、肉体が直接摂取するわけでもない。彼女が食べても問題ないだろう。

巾着袋を開くと、残りは三つだけだった。

(こんな時に)

と、眉根を寄せてしまうが仕方がない。

「手を」

竜胆は涙に濡《ぬ》れていた彼女のこぶしをそっと目元から下ろし、己の手を添えてゆっくりと開かせる。

巾着袋から彼女の手のひらの上にころんとまろび出た砂糖菓子を見て、彼女は涙に濡れた睫毛をぱちくりとさせた。

「……こ、これは……?」

「金平糖だ」

「金平糖……?」

「砂糖で作られたお菓子と説明したらわかるか?」

「は、はい。……お星様みたい。初めて、見ました」

彼女は不思議そうな表情で手のひらの上の金平糖を見つめる。

「食べてみるといい。少しは元気になれるはずだ」

竜胆は彼女の手のひらからひと粒を摘み、彼女の口の中にころんと放り込んだ。

「んっ。………わあっ、甘い……っ。美味しい、です……！」

とっさに唇を閉じた少女は、舌の上にじんわりと広がる甘さに感動したのか、涙の残る瞳をきらきらと輝かせながら竜胆を見上げる。

（ころころと変わる表情が可愛いな）

夢幻の中で金平糖の味が伝わったことを不思議に思いながらも、どうやら泣《な》き止んだ様子に竜胆は安堵する。

そして己の番様のあまりの愛おしさに、思わず微笑みを浮かべずにはいられない。

「……こんなに美味しいものを、私がいただいても、いいのでしょうか……？」

「ああ。たった三つだけだったが」

「そ、そんな、ことないです。あとふたつもあるなんて……！　ありがとう、ございます」

少女はまるで稀少《きしょう》な宝石でも渡されたかのように金平糖を見たかと思うと、震える声で竜胆に感謝を伝えた。

竜胆は少し照れくさくなった。

だからあえて答えずに、またひと粒を彼女の唇へ近づける。

遠慮しながらも、まるで雛《ひな》のように金平糖を頬張る姿は、愛らしくて、愛らしくて
——……これ以上、手が伸ばせない現実を思うと胸が苦しくなる。

そうして、三つ目の金平糖を頬張る彼女を眺めていると。

朝焼けに空が白むかのごとく、彼女の姿がすうっと薄くなり始めた。

「……時間切れか」

「え……？」

「迷子にお迎えが来たようだ」

竜胆は寂しさと切なさがごちゃ混ぜになった感情を押し殺して、彼女から一歩離れる。

彼女はなにか言いたげに口をはくはくとさせているが、こちらにはもう声が聞こえない。

そして。

背後の風景が薄く透けて見えるほどになっていた彼女は、蠟燭《ろうそく》の火が消えるかのごとく——竜胆の前から、ふっと消えていった。

領域の境界線を越えた場所で、ちりん、ちりんと鳴る小さな鈴の音を残して。

無駄だと知りながら、彼女の存在を追いかけるようにしても、気配は微塵も感じられない。その霊力も、存在も、魂も。すべてが消え去っている。

……また振り出しに戻ったようだった。

竜胆は夢渡りの術の終わりを感じ、すっと頭が冷えていく気がした。

同時に、自分の意識も浮上する。

どうやら竜胆は机の上に突っ伏すようにして眠っていたらしい。

枕にしていた両腕の下には、己の血を用いて書いた夢渡りの禁術符があった。術の正しい終わりを示すかのごとく、白紙に戻っている。

（……儚い時間だったな。ほとんどなにも喋れていない）

禁書蔵の扉の隙間から差し込む朝日に目を細めながら、竜胆は夢幻の出来事を反芻《はんすう》する。

（彼女に触れてもぬくもりを感じなかったし、彼女の涙の冷たさすら手に残っていない……。ただ彼女を泣かせてしまっただけで、穏やかな微笑みを見せてもらうことは叶《かな》わなかった）

その上、彼女の存在が消失した件に関して、真実に到達するために聞き出せた内容はごくわずか。この機会に真名を知れたら御の字と思っていたが、まさか真名を失っているとは。

(それでも。僕の番様は、生きていた――――)

ようやく実感できたその事実が、絶望を抱いていた竜胆の胸をじわじわと熱くする。

と、その時。

ふと、妙な胸騒ぎがした。

彼女と出会ったあの日のそわそわとした浮き立つようなものとは真逆の、悪い予感がする胸騒ぎだ。

竜胆は目を閉じて、細い糸のようなその予感の気配に意識を集中させ――。

「……な、ん、だ…………これは……!」

怒濤《どとう》の濁流となって、彼女の霊力が復活している気配がする。

(いや、違う。彼女のものじゃない。これは春宮家の傲慢な娘の――――!)

己の番様の霊力は、匂い立つ甘い香りとともに咲き誇る視界を覆い尽くすほどの藤の花が、太陽の光に透けて幻想的に輝く――そんな光景が鮮明に思い浮かぶ、五行の偏りのない莫大な、それはそれは心地よい清廉な霊力だった。

それが今や、歪《いびつ》な雑音と霊力を帯びる形で再び存在していた。

(彼女の真名を剝奪して魂ごと存在を消失させたのは、彼女の存在を神々に知られぬよう永久に隠し続けながら、彼女の霊力を奪い取るためだったのか……！）

竜胆は神気が再び怒りで膨れ上がる。

おそらく春宮家は彼女に目覚める霊力が高位のものであると知っていたはずだ。

もしかしたら〈六合の巫女〉を娶った時点で、この計画を立てていたのかもしれない。

そしてこれからも春宮家が欲するさらなる栄華を極めんと、あの傲慢な娘に霊力を差し出すためだけに、彼女は春宮という檻の中で生かされ続けるのだろう。

それは彼女にとって残酷な運命の始まりであり――。

また竜胆にとっても、悔しく、惨めで、怒りに満ちた暗闇の深淵で生きる日々の幕開けだった。

神気に、ゆうらりと瘴気が混じる。

竜胆が細部まで巧みに創造した広大な己の神域を完成させたのは、それからひと月後。

それほどの箱庭を維持し続けるにはまだあまりにも若すぎる、雪も深まる睦月《むつき》の下旬のことだった。

第四章　神巫女の権利

「どうして……どうして、私じゃないのよッ‼」

春宮本家の自室で、日菜子は自慢の華やかな容姿を映し出している豪奢《ごうしゃ》な鏡に向かって、何度も何度もこぶしをぶつける。

「女学院内で最も〈神巫女〉に近いと評価されていたのは、まぎれもなく私だったのに！」

だというのに、神々はひとりも日菜子を選ぶことはなかった。

それどころか冷酷無慈悲と名高い〝氷の貴公子〟――〈青龍〉は、まるで最高傑作と呼ばれる彫像のごとく完璧な美しさを携えながら、あの無能な名無しに甘く微笑みかけてその手を取ったのだ。

「こんなのぜったいおかしいわ！　なにかの間違いに決まってるでしょう……ッ⁉」

（ただの使用人としての価値しかない名無しが！　顔もスタイルも霊力も家柄も、すべて完璧な私を差し置いて選ばれるなんて……！）

神世に連れ去られた名無しに関して、春宮家はすぐさま百花女学院側には強く抗議していた。

大事な令嬢である日菜子を差し置いて、使用人が選ばれたこと。それから使用人はまだ解雇しておらず春宮家のものであるという二点から、今回の『巫女選定の儀』は無効とし、すぐに名無しを春宮家に返すよう求めたのだ。

これに対し百花女学院は同意を示し、神城學園へ正式な順序を踏むよう再度伝えた。

しかし返ってきた回答は、

【古より『巫女選定の儀』に参列し神に選ばれ誘《いざな》われた場合】

【いかなる現世の立場も破棄され〈神巫女〉となる決まりである】

【神の意志に巫女が応じたとすれば、それが、すべてである】

【よって〈青龍の巫女〉は春宮家の使用人ではないとする】

というものだったらしい。

つまるところ神城學園側は、今回の問題に関与しないという。

日菜子には意味がわからなかった。

（だって、なにもかもがおかしい）

幼い頃から祖父や両親といった家族だけでなく、社交の場においても『美人で明るく社交的』と評判なのは日菜子だった。

初等部から通い始めた百花女学院でも、先輩や後輩だけでなく教師たちからももてはやされ、ずっと尊敬の眼差《まなざ》しを向けられて生きてきたのだ。

そんな環境の中で誰よりも愛されてきた日菜子には、神々からも愛される自信があった。

それに比べて、名無しの異母姉はどうだろう？

いつもうつむいていて愛想はなく、身体はぽきりと折れそうに痩せっぽち。青白い肌には艶もない。昔は黒髪だった気がする長髪も、いつの頃からか灰色だ。

『ねえ名無し。あなたの髪ってもしかして白髪《しらが》なの？』

『え……っと』

『あははっ、おかしい！　それじゃあ似合うドレスもなさそうだわ。むしろお婆《ばあ》さんに間違えられても仕方ないわね？』

『……そんなに、その……おかしいでしょうか』

『ふふふっ、おかしいわよ！　和服を着てるから、後ろからじゃお婆さんにしか見えないもの！　そうだ、先輩から〝お婆さんを使用人にしてこき使ってる〟なんて噂されたら嫌だから、いますぐ染めといて。……墨汁って、白髪も染められるのかしら？名無し、試しに被《かぶ》ってみてくれる？』

異母姉の灰色の髪に気がついたのは、ドレスアップした日菜子がパーティーに向かう際に声をかけた時だった。

確か、そう、百花女学院の初等部高学年から高等部の成績優良者だけが集う『桜雛の会』に初めて参加した、十歳の時だ。その頃からずっと異母姉の髪は艶のない灰色で、お婆さんのような容姿をしている。

その上、視えもしないのに巫女見習いの真似事をして、『こちらの食事には呪詛が……』などと言い出す大嘘つきだ。

（誰かに選ばれて、愛される資格など持っていない使用人。それが無能な名無し。そのはずでしょう……⁉）

思い出すだけでも、激しい怒りと嫉妬で狂いそうになる。

あの最悪な『巫女選定の儀』が終わってからというもの、霊力が変に乱れて安定しない。

儀式後は神気にあてられて体調を崩す生徒も多いため五日間の特別休暇があったが、寮の自室に引きこもって霊力の安定をはかろうと努力するだけで終わった。

休暇が終わって、平常通りの授業が始まった日だってそうだ。

授業では、いつものようにクラスメイトの巫女見習いたちの何倍も抜きん出た首席らしい成績を残せなかった日菜子に、同情や憐憫《れんびん》を含んだ視線が向けられているのを感じてイライラした。

『日菜子様、大丈夫ですわ』

『名無しが選ばれたのは、絶対になにかの間違いですもの』

『すぐに精査され、神城學園から連絡が来るはずです』

取り巻きの巫女見習いたちが悲痛な面持ちで心配してくれるも、日菜子にはなんの慰めにもならない。

日菜子を特に贔屓《ひいき》していた教師も取り巻きたちに同意し、『今は一時的に霊力を生み出しにくくなっているのかもしれませんね。春宮さんにはお休みが必要なのかもしれないわ』などと言っていたが、そうではないことは自分が一番理解している。

（……ぜんぶ、ぜんぶ名無しがいないせいだわ。名無しが近くにいないと、私の霊力が滞るじゃない！）

日菜子に宿るはずだった春宮家の霊力のほとんどすべてを宿し長女として生まれるという、強欲な異母姉に重罪人として罰が下ったのは、日菜子が六歳の時。

その日からずっと、日菜子は異母姉に奪われている自分に宿るはずだった霊力を返してもらっている。

潤沢な霊力を取り戻してからの十年、日菜子は春宮家を背負う巫女候補としてたくさんの努力をしてきた。名家の令嬢としての立ち居振る舞いだって、マナーだって、有名な家庭教師をつけて完璧に身につけている。

(それに比べて、霊力の欠片もない無能な名無しができることなんて限られてるわ。掃除と洗濯、それから毒味。たったそれだけ)

異母姉には名家の令嬢としての教養などなにひとつなく、巫女見習いとして育ってきていないために霊力の扱い方すら知らない。

十二の神々へ奏上する祝詞だってもちろん習えるはずもなく、四季幸いや恩頼《みたまのふゆ》を祈り願うことすらできないだろう。

主人が使用人を評価して与える点数がそのまま成績に反映される使用人科の試験では、いつだって学年最下位。せいぜい落第せずに百花女学院を卒業し、将来は神世で番様か神嫁として暮らす予定である日菜子の〝大勢の使用人の中のひとり〟を目指すくらいしか、人生の選択肢がない少女だ。

(いいえ、それすら身に余る幸福だわ！)

なぜなら日菜子という名家の令嬢であり、潤沢で高位な霊力を持つ巫女のそばで、誰もが羨む使用人として生きていけるのだから。

(それなのに……ッ)

これ以上ないほどの激昂で日菜子は顔を赤くする。

屈辱を味わった最悪な授業再開の日を終え、これ以上にないほど機嫌をそこねた日菜子は、今後のことを春宮家当主である祖父に相談するために、翌日の授業を休んで実家へ一度帰ることにした。

邸内で祖父と父の次に広い日菜子の部屋は、祖父や両親からの贈り物である上等な着物やドレス、それから高級な宝飾品であふれている。

いつもはそれを眺め、名乗る真名すら持っていない異母姉との格差を自慢に思いながら悦に浸ったりするのだが、今日はそんな気分には到底なれなかった。

そんなものよりも、欲しいものが見つかったせいだ。

それはあの——日菜子を手酷《てひど》く振った神の巫女の座。

名無しに奪われたその座に就く権利を、早く返してもらわなくてはいけない。

「……青龍様が『百花の泉』で見つけた霊力は確かに私のもの。それは間違いないわ」

〈神巫女〉になるための資格は、神をお支えし癒すための霊力を持っていること。

無能な異母姉は、言わば空っぽの器。霊力が欠片もない状態なのだから、異母姉はもしも稀にいる霊力のない番様だったとしても、〈神巫女〉ではないのは明白だ。

〈神巫女〉に選ばれるに値するものをなにひとつ持っていない。

「失礼いたします。日菜子お嬢様、旦那様がお呼びでございます」

襖《ふすま》の外から、使用人の女性が日菜子に声を掛ける。

日菜子は「すぐ行くわ」と返事をすると、烈火のごとき怒りと嫉妬心に駆られた美人を映し出していた鏡に背を向け、険しい表情で歩きだした。

◇◇◇

春宮家当主、春宮昭正《あきただ》は、己の血を継ぐ愛孫の日菜子が私室に来ると「待たせたな、日菜子」と、威厳に満ちた様子で出迎えた。

「お祖父様！　それで、調べはつきましたの？」

日菜子は着ていた着物の裾をさばき、座布団の上に行儀よく正座をすると不満げな様子も隠さずに早口で言う。

「そう急《せ》くでない。どうやら青龍様は神世に帰ってはおらんそうだ。名無しも、神世に足を踏み入れた形跡がない」

「じゃあいったい、どこへ行ったと言うのですか⁉」

悲鳴じみた声を出し、日菜子は異母姉に対する怒りを祖父にぶつけた。

文机《ふづくえ》で書状に筆を滑らせていた昭正は、その手を一度止めて筆を置き、愛孫と視線を合わせる。

「この世ではない場所だ。神世でも現世でも狭間《はざま》でもない異界……――〈青龍〉の神域だろうな」

「し、神域ですって……⁉」

日菜子は驚愕《きょうがく》で顔を青ざめさせる。

「名無しは……神域に、連れ去られたの？　それじゃあ、私は？　私の霊力はどうなるっていうの……⁉」

最悪な『巫女選定の儀』から一週間と少しが経過したが、一向に霊力が安定しないのは名無しが日菜子の近くにいないからだと思っていた。

けれども、名無しが神域にいるとなると話が変わってくる。

「神域なんて、時間軸も座標もでたらめな場所にいられたら、霊力を搾取する術式が働かなくなるわ……ッ」

巫女見習いとしてたくさん学んできたが、名門校である百花女学院でも学べない理《ことわり》がある。

それは神々が生き神となった昔から永久不変の、絶対的な法則。

そのひとつが、神々が〝神隠し〟をした対象の肉体と精神と魂を神域の主が所有できるという箱庭の強制力だ。

これを知る人の子は、始祖の神々に選ばれた名家でも代々当主とされる者のみ。

日菜子は次期当主を支える巫女候補の娘として、現当主である祖父から学び、異母姉に下された罰を正しく理解してきた。

「それに、もし真名が名無しに奪い返されたら……ッ」

「狼狽《うろた》えなくてもよい。真名を剝奪した時、すでに策を講じておる」

昭正は厳重に封呪を施していた木箱に霊力を込めると、中から一枚の紙を取り出す。

「これは？」

「十年前、霊力が目覚めたばかりだったあやつの背中に刻んだ術式の写しだ」

「真名剝奪の術式と、霊力搾取の術式、それから呪詛破りの術式を組み合わせているというのは、以前聞いたお話から知っています」

「よく確かめてみなさい」

日菜子は祖父から異母姉に刻まれている術式の写しを受け取ると、真剣な表情で文字を追う。

「……なによこれ。こんな複雑な術式、巫女見習いの私には読み解けるわけもありませんわ。読み解くにしたって、文献集めから始めて何年かかることやら！　お祖父様、もったいぶらずに教えてくださる？」

「我が孫ながらせっかちなものだ。……日菜子、これは術者と被術者を反転するための術式だ」

「そ……っ、そんな、嘘でしょう……？　術者と被術者を反転、ですって……!?」

日菜子はそのありえない術式を網膜に焼き付けるほど見つめた。

「この授受《じゅじゅ》反転の術式をあらかじめ用いることで、術者となる我らはその呪詛を結ぶ際に必要となる代価の影響を一切受けなくなる。過去、春宮家から追放された苧環《おだまき》家が、四百年の時をかけてようやく完成させた極めて難しい秘術だ」

「こんな、こんな素晴らしいものがこの世に存在していたなんて……！　ああ、お祖父様、すごいわ……っ!!」

日菜子は感嘆のため息をつく。

素晴らしい効果を上げながらも霊力を消耗しない画期的な術式があれば、と誰もが一度は夢に見る。

しかし現実はそう甘くなく、理想の効果を得られるような術式を組み立てるのは難しい。

専門的な知識が多く必要となり、術式を試すにはそれなりの代価が必要となるからだ。

術式を記した符を介して発生する代価が霊力なのか、臓器なのか、寿命なのか、それとも他のなにかなのかは試さなければわからない。

百花女学院の教科書に記されている術式の中でも、たとえ読み解けはしても使役できない術式は多くある。

しかもいくら代価を投じて術式を試したところで、理想的な効果が発現しなければまた最初からやり直しだ。

なんども術式を書き換え、効果を確認しながらあらゆる組み替えを行い、ようやく永年発動し続ける術式が完成する。

新しい術式の開発とはそれほどに途方もない作業だった。

「授受反転の術式の一部には、他家に盗まれぬよう苧環家の血筋の者だけが使用できる紋も組み込まれている。他家の者がこの紋を抜いたところで、一切正しく使役できず、予期せぬ代償を背負うことになるだろう」

つまり授受反転の秘術とは、完成までの四百年間に多くの人間が代償を背負い命を賭した……いわば苧環家の執念と血にまみれた術式なのである。

「そしてこの授受反転と、真名剝奪、そして呪詛破りを同時に使役するとどうなるか……。神々にも想像がつかぬだろうな」

昭正は神々を卑下するかのような笑みを浮かべる。


苧環家は、〈始祖の神々〉から春宮の名を頂戴した名家に産まれた次男が当主となり、春宮家の傍流として誕生した。

当時、苧環家が担っていた役割は、春宮家の者たちがまとう着物の材料になる糸を霊力を流しながら紡ぎ糾《あざな》い、反物を織るというもの。それ自体が繊細な技術が必要とされる神聖な仕事だった。

神々に仕える春宮家をさらに支えている苧環家は、縁の下の力持ちとして栄えることになる。

春宮家が末長く安泰ならば、苧環家にもその恩恵が降る。春宮家から神嫁が選ばれ、その花嫁衣装となる反物を紡ぎ斜い織る時には、一族の誰もが心から祝福していた。

しかし、ある時。男児しか産まれなかった苧環家に初めて娘が産まれた。

武家ならば男児ばかりが産まれることは喜ばしいことかもしれないが、神々は巫女を選ぶ。

娘が産まれて初めて、苧環家は欲を抱いた。――我が一族も、神々に選ばれる巫女を輩出したい。と。

その三年後。春宮家にも待望の娘が産まれていた。

元気な産声《うぶごえ》を高らかに上げた、健康そのものの玉のような赤子だった。

けれども、産衣《うぶぎぬ》を着せた途端に苦しみ出し、手の施しようがないほどの速さで命を落としてしまう。

それは苧環家が贈った反物から作られた産衣が、ひどく穢れていたせいだった。

戦乱の世、出産は命がけの大仕事だ。

春宮家の侍女が混乱しているさなかに届けられた特別な産衣が、まさか霊力が少なく若い侍女を選んで届けられたものだとは誰もが想像していなかった。

それどころか、春宮家を支える苧環家が謀反を起こすなど。

責任を感じた侍女は井戸に身を投げ、春宮家は騒然となった。

即座に春宮家当主が動き、『今後一切、苧環家を春宮家の分家とは認めない』として、苧環家に対し追放を言い渡したその同時刻。

産衣の穢れが赤子を呪い殺したことで呪詛が結ばれた代償として、苧環家では多くの死人が出ていた。

けれども。多くの死人が出た上に『追放』まで言い渡されたにもかかわらず、苧環家当主は歓喜に震えていた。

三歳になった苧環家の娘に、春宮家を彷彿とさせる霊力が目覚めていたのだ。

その娘は十年後には見事〈準巫女〉となり、神々に選ばれし側室として神嫁の座を射止めるほどに成長する。

春宮家の傍流から追放されてからというもの没落の一途を辿っていた苧環家は、彼女の存在を機に、次第に息を吹き返していく。

それに対し、呪詛という穢れに触れた春宮家は、その代において霊力を持つ娘が産まれなくなっていた。

おかげで苧環家の神世での地位は、以前の没落を微塵も感じさせぬどころか、四季を冠する一族に準ずるほどだと期待の眼差しを向けられることになる。

禍福は糾える縄の如し。

その成功こそが、苧環家をさらなる呪術の深みに傾倒させるきっかけとなった。

しかし。側室として神嫁の座を射止めたはずの娘の霊力は、輿入れからたったの数年で尽きることとなる。

神の唯一とされる番様でも、ましてや〈神巫女〉でもなかった娘は、神との間に子をもうけていなかったため簡単に離縁されてしまう。

霊力のない巫女は、巫女にあらず。

ただの人の子になった側室を神世に置いておくほど、神々とその眷属は優しくはないのだ。

苧環家の者たちは怒りに震えた。

また我が一族は没落の一途を辿るのか、と。

許さない。

いつの日か、神々も春宮も跪かせるような偉大な巫女を、苧環家から輩出してみせる。

そう誓いながら。

そうしてさらなる栄華の道を目指し、当主を筆頭とした一族総出で呪術や怪異に関する研究を始める。

より強い霊力、より偉大な巫女を求めて血族結婚を繰り返す中で、その血はもっと濃くなり、霊力はより歪さを帯びて雑音を増していく。

それでも時折、優れた〈準巫女〉を輩出しては神々に仕えさせるのに成功した。

いくら事実上は追放されていようとも、やはり苧環家は春宮家の傍流として、方向は違えどよく似た霊力を確かに継承していたのだ。

だが、しかし。そんな状況に満足する苧環家ではない。

苧環家の最大の目標は、神々も春宮も跪かせる偉大な巫女を作出すること。

その方針は数百年間変わらず、そのために一族の当主や〈神司〉は寿命を投げ打った。

最後に命を賭したのは、当時苧環家の当主を務めていた昭正の祖父。

そうして四百年の時を経てようやく完成したのが、苧環家の血筋の者が呪術を行使する場合や、怪異を生み出す場合に必要となる代価の影響を一切受けなくなる術式
──授受反転の秘術であった。

授受反転の秘術の完成を喜んだ一族は、最大の目標に向けて動き始める。

その標的とされたのが、春宮家の清らかな霊力を受け継ぐ直系長子のひとり娘、当時十六歳という若さの八重子《やえこ》だった。

学年首席で将来を有望視されていた八重子に、突然『異形の病』が発病したのは『巫女選定の儀』が行われる数日前。

突如として皮膚を白蛇の鱗《うろこ》が覆う奇病は、神々の遣いである白蛇を貶めたせいで生まれる怪異と言われている。

八重子にとっては、まったく身に覚えのない原因だった。

だが、八重子はその姿と怪異のせいで神世にある神霊経絡科《しんれいけいらくか》に入院することに。

長い入院生活の末、怪異の侵蝕は食い止められたものの、八重子の皮膚の一部には白蛇の鱗が、そして両足には麻痺《まひ》が残ってしまう。

結局、彼女は『巫女選定の儀』には参加できず、百花女学院も辞めざるをえなかった。

卒業も叶わず、巫女としての仕事にも就けず、以前はひっきりなしにきていた縁談もすべて破談にされる中、陰では誰かが『春宮家には異形がいる』『白蛇に呪われた春宮家』などと噂し始める。

神々を支え、その穢れを癒すための霊力は潤沢だろうとも、怪異や呪術に対抗するための呪力が弱かった春宮家は、神霊経絡科が治療を終了した怪異に対し改善策を見出せずにいた。

そんな中、異形の姿をした八重子を妻にと望む者が現れる。――苧環家当主の長男、昭正だ。

彼は『春宮家は呪われてなどいない』と自信たっぷりに豪語し、呪術に秀でた苧環家の力を使って八重子を守ると誓う。

異形と呼ばれようとも十六歳の少女でしかない八重子が、昭正に淡い恋心を抱くのは自然な流れだったかもしれない。

それは春宮の一族もまた、同じだった。

異形の姿をしている娘を慈しみ、仲睦《むつ》まじい様子を見せる男がどれほど貴重なことか。

八重子とは十五歳も年齢差がある男だったが、呪術師としてたいそう仕事熱心だったため縁談も断り続けていたのだと聞く。

過去の追放の件を水に流すことはできなかったが、春宮家存続のためには致し方ない。……いや。数百年間深まり続けた溝を、ここで埋めていくべきなのかもしれない。

今こそ互いに手を取り合い、変わらなければ。

昭正は八重子を娶るにあたっていくつかの条件を提示してきたが、八重子の父である春宮家の当主はそれを呑むことにした。

——ひとつ、昭正を婿養子として迎えること。

——ひとつ、昭正を次期当主として扱うこと。

——ひとつ、昭正を必ず当主とすること。

こうして苧環家は、春宮家を屈服させるという野望を見事叶えたのだ。

その後。昭正と八重子はひとりの子を授かる。

将来、日菜子の父となる男児、成正《なりただ》である。

呪力の優れた成正は見事に苧環家の思想に傾倒し、一族や父と同じく神々を跪かせるような偉大な巫女の作出を夢に見た。大学院で霊力遺伝の研究するほどだ。

そしてわかったのは、巫女の才覚を決定付ける霊力は女系遺伝の可能性が高いこと。

けれども苧環家分家の娘である成正の恋人、華菜子《かなこ》は、社交界でもその名を知られるほどの華やかな美人だが霊力が少なく、神々を跪かせるような偉大な巫女を産める器ではない。

……それでも、成正は華菜子との結婚を諦められなかった。

昭正は成正に言う。

『一度、お前の恋人よりも霊力が強い女を春宮家の籍に入れ、子をもうければよい』

霊力が少ない華菜子と最初から籍を入れるメリットはない上に、もしも霊力が強い良家の令嬢とのあいだに婚外子をもうけても、親権は母親に取られてしまう可能性が高い。それ以前に、恋人でもないの男の婚外子を産みたがる令嬢はまずいない。

ならば最初に、霊力が強い良家の令嬢と政略結婚で籍を入れる方がいい。

あらかじめ生まれた子供は春宮家の者として育てると相手方を納得させておけば、なにかが起きて離縁したあとも文句は言えないだろう。

『今や我らには授受反転の秘術がある。これと真名剝奪の術、霊力搾取の術を掛け合わせよ』

『そうすると、どうなるのですか』

『我らには術式の代価が発生することなく、子の存在を神々に知られぬよう隠し続けながら霊力を奪い取ることができる。それも一生だ。一生、我らの生贄となる』

真名剝奪も霊力搾取も術者には大きな代価が発生する。

特に霊力搾取となると、術を使い続ける期間中もずっと代価を払い続ける必要性がある。その負荷は想像を遙かに超えるものだ。

だが授受反転の秘術を行使すれば、術をかける者ではなく術をかけられる者に代価を肩代わりさせられる。

一生代価が発生しないのだから、昭正、成正、そして華菜子とその子供は栄華の中を暮らせるというわけだ。

『同じ歳《とし》の娘を授かればなおよかろう。生贄の娘をお前の娘の使用人にし片時も離れないようにすることで、霊力搾取の術式で生まれる負荷を最小限に抑えられる。さすれば安定した霊力を最大限に引き出すことができよう』

『お父様、それではよほどの生贄を用意しなければ……』

『当然だ。強く清らかな枯渇せぬほどの霊力を持ち、春宮家の霊力もしっかりと継いだ生贄が必要となる』

昭正はにやりと嫌な笑みを浮かべ、結界を解くと、襖の外に控える使用人の男を呼びつける。

芋環家から連れてきていた使用人だ。昭正が当主に就任してからというもの、今まで春宮家で働いていた使用人は全員解雇し、芋環家で教育された使用人を雇っていた。

この頃にはすでに八重子も『異形の病』を持つ者たちが住まう神世の施設へと入れられており、春宮家のすべての実権を昭正が握っていたのだ。

『成正の嫁候補を探させろ。希少な霊力を持つ生娘《きむすめ》だ。〈神巫女〉だろうが構わん』

使用人の男はすぐさま頷くと、一礼して座敷《ざしき》を出て行く。

男が向かう先は芋環家。

話を受けた苧環家は呪術を駆使し、数ヶ月をかけて最高の生贄を産む可能性がある女を用意した。

それが、神嫁になるのではと噂されるほどの霊力を有し、山神と土地神の加護を持つ清らかな乙女――〈六合の巫女〉である。

神々は四季幸いをもたらす御役目の最中、禁足地でひとりになる。その逆もしかり。事を起こすならその時だ。

男はまず〈六合の巫女〉の実家の女中に遊んで暮らせるほどの大金を渡し、契約符を呑ませ、とある呪符を煮出した料理を彼女に食べさせるよう指示を出した。

『彼女が料理に口をつけたら仕事は終わりだ。あとは現世で好きに生きろ』

その言葉通り、女中は事を成した後に姿をくらませた。

それを確認した苧環家の術師たちは、幾重にも強固な結界を張ると、呪詛を火種とした黒炎を山神と土地神の御神体へと放つ。

黒炎の中で幾度も炙られた山神と土地神は怨念を募らせ、神気を求めて互いを喰らいあい……………そして計画通り、怪異を産んだ。

『かってうれしいはないちもんめ』

『まけてくやしいはないちもんめ』

『あの子がほしい』

『あの子じゃわからん』

『そうだんしましょ』

『そうしましょ』

結界内で蔓延《はびこ》る草木を操る、頭に鹿の角が生え顔には四つ目を持つ打掛《うちかけ》姿の怪異は、娘が幼い頃によく遊んでやった童歌《わらべうた》を裂けた唇で口ずさむ。

怪異が欲するものはただひとつ。

『――きィまったァ』

自らの愛し子。〈六合の巫女〉だ。

『あの子が欲シい。あの子が欲シイ。あの子ガ欲シイ。アノ子が、アノ子ガ――！』

〈六合〉に教えを請うたと噂される〈六合の巫女〉の強力な結界が、崩壊する。

その瞬間、光明のごとく現れたのは――春宮の一族。

その当主、昭正は、〈六合の巫女〉を息子に任せると、怪異に見舞われた一家の当主と奥方のもとへと向かう。

霊力がなくとも怪異は視える。それが世の理《ことわり》だ。

腰を抜かし、顔面蒼白で震えていた男女を助け起こした昭正は、声を上げて笑いたいのを我慢して言った。

『さあ、御安心を。春宮が参りました。皆様のお命を我々にお預けくださいませ』

それからというもの。

娘の霊力の希少さを真に理解していない無知で世間知らずな実家を丸め込み、〈六合の巫女〉を春宮家が政略的に娶るのは容易だった。

怪異の恐ろしさを知る彼女の実家は、不思議な力に秀でた春宮家の守護を得られることに喜ぶ。

ふたりの結婚式は、ごく簡易に春宮家の本邸で行われた。

参加者は〈六合の巫女〉の親族と昭正、そして本邸に住まう使用人たち。

昭正が当主になって以来遠ざけていた他の春宮の一族には、『息子が結婚した』と葉書で知らせを出したのみで終わった。

そんなふたりの結婚は、ある意味、両家の祝福に満ちたものだった。

それが表面上に過ぎないと知るのは、昭正と成正、愛人となった華菜子と、そして本邸の使用人たちだけ。

『しばらくの辛抱とは言え、あなたにわたくし以外の女が嫁ぐのは嫌ですわ』

『これもお前とお腹《なか》の子のためだ。〈六合の巫女〉とは生贄の娘が産まれたあとに、適当な理由をつけて離縁する』

結婚初夜から三ヶ月。

すでに〈六合の巫女〉のお腹にも、生贄となる娘が宿っていた。

しかし離縁する間もなく、〈六合の巫女〉は早産で生贄となる娘を産んだあとほどなくして命を落とす。原因は産後の肥立ちが悪かったこと、それから怪異で触れた穢れや環境の変化による心身の疲労と考えられた。

喪も明けぬうちに華菜子と結婚した成正のもとには、母によく似た容貌の娘が誕生する。

その娘には、春宮家当主自らが名を授けた。

春の麗《うら》らかな太陽の光のような強い霊力を宿すように。

菜の花の花言葉のごとく、豊かさと財産に恵まれるように。

そして春宮の名を背負う偉大な巫女になるように――〝日菜子〟と。

将来を示唆しているのか、日菜子は数えで三歳になる頃には、すでに霊力を目覚めさせていた。

人の子の霊力は、数えで七歳頃までに発現すると言い伝えられている。三歳と言えばかなり早い方だろう。

昭正と成正夫婦は『天才だ』と褒めそやし、それを喜んだ。

だが霊力の質には問題があった。母親譲りで霊力が少なめではあるが、父親譲りの苧環家を由来とする呪力がひときわ強かったのだ。昭正の懸念通りである。

それでも、春宮家を由来とする霊力も少なからずあったことから、このままでも修練次第では〈準巫女〉として生きていけるだろう。

対して生贄の娘は、衣食住を保障してやっているというのに、霊力が発現する予兆もなく満六歳を迎えている。

生贄の娘を利用して、神々を跪かせるほどの偉大な巫女に日菜子を育て上げる予定だったというのに。

期待はずれだった――。

と。……誰もがそう思っていた時だ。

生贄の娘の霊力が、突如として開花したのは。

異常な霊力を察知し、高熱を出して寝込んだ生贄の娘を見舞いに行けば、想像を絶する霊力が狭い室内を取り巻いていた。

『こ、これは春宮家の霊力……！』

〈六合の巫女〉から遺伝した霊力だけでなく、歴史に名を刻む春宮家独特の春の麗らかさを思わせるあたたかく清廉な霊力が、歪さや雑音を含まずに存在している。

それだけではない。

生贄の娘には五行すべての力を有するという、非常に珍しい特別な霊力が目覚めていた。

『これだ……！　これこそが、日菜子を偉大な巫女にする力……！』

大成功だ。最高の生贄を作る計画は、想像以上の結果を生み出していた。

枯渇する気配もなく次から次に溢れでている生贄の娘の霊力に、昭正は笑いが止まらなかった。

『ですがお父様、日菜子と生贄の娘にこれほどの霊力の差が生まれるとは……。同じ春宮家の血筋を引くというのに』

成正が言う。

霊力が平等に受け継がれるものではないのは知っている。だが日菜子を三十とするならば、生贄の娘には百以上のものが宿っているではないか。

『あなたの言う通りだわ。わたくしの大切な日菜子にも、生贄の娘と同等の春宮家の霊力が備わっていてもおかしくないはずです。それがこうも差が開くものでしょうか』

華菜子は成正の意見に賛同する。昭正は神妙な顔で言う。

『やはり考えられる理由は生贄の娘が予期せぬ早産となったせいで、日菜子より先に産まれたからだろうな。古くから霊力は長子に宿りやすいと言い伝えられておる』

『その説は迷信だとばかり……！』

『忌々《いまいま》しい……！　なんて強欲な娘なの……！』

華菜子は甲高い声でヒステリックに言う。

いっときといえど、自分の夫を母親ともども奪っただけでなく、大切な娘である日菜子に宿るはずだった春宮家の霊力まで奪い取るなんて。

『霊力が発現してから一刻程度しか経過しておらんが、仕方あるまい。すぐに真名剥奪の儀式を行う』

『今すぐに？　こうなったら日菜子が巫女見習いになる年齢まで、生贄の娘の霊力を強く育ててから搾取すべきでは』

『いいや。このままではじきに生贄の娘が神々の目に留まることになろう。本来ならば将来の日菜子の夫かもしれんのだぞ』

ハッと成正と華菜子が息を呑む。

『このままでは〈神巫女〉の座も、神嫁の座も、生贄の娘に奪われることになる』

『お、お義父様《とうさま》！ そんなのあんまりですわ……ッ！』

『そう、華菜子さんの言う通りだ。……強欲な生贄の娘には、重罪人として罰を与えねばなるまいな』

浅い息をしながら玉の汗を浮かべ苦しげに眠る生贄の娘を前に、昭正は『起きなさい』と声を掛ける。

こうして——生贄の娘は重罪人として真名を剝奪され、背中にはいくつもの呪術を組み合わせた術式が刻まれる。

春宮家、否、苧環家が欲するさらなる栄華を極めんと、神々を跪かせるほどの偉大な巫女となる日菜子に霊力を差し出すためだけに、彼女は春宮という檻の中で生かされ続けることになったのだった。


過去を懐古していた昭正は、名無しの背に刻んだ術式の写しを日菜子から受け取りながら言う。

「名無しがいつの日か、日菜子の権利を脅かすのではないかと思っておった」

「……私の権利？」

「そうだ。神々から〈神巫女〉に選ばれ、神嫁となる権利だ」

昭正の言葉に、日菜子は大きく目を見開き「やっぱりそうだったのね……！」と頬を紅潮させる。

「それじゃあ、やっぱり私が青龍様の……っ!!」

日菜子は胸が熱くなった。

どこへもぶつけられないこの烈火のごとき怒りも、全身の血が沸き立つような嫉妬も、神々にプライドを傷つけられて感じた羞恥心も、本来は日菜子が感じなくてもいいものだったのだ。

日菜子に伝えられている春宮家と苧環家の因縁は、たった一部に過ぎない。

呪術に秀でた苧環家が祖父の生家であり、そのために異形となった祖母を娶ったこと。

様々な事情があり、政略結婚で良家の女性と一度結婚せざるをえなかった父の娘が異母姉であること。その間も日菜子の両親は想いあっていたこと。

それから。早産で日菜子より先に産まれてきた異母姉が強欲なあまりに、日菜子にも宿るはずだった春宮家の霊力のほとんどすべてを宿して産まれてきたことだ。

日菜子は異母姉が重罪人であると疑わず、自分こそが正義で、春宮家の正当な後継者であると信じている。

歪んだ価値観の中で育ってきた日菜子にとって、異母姉は霊力を搾取されて当然の存在だった。

今の春宮本家に日菜子の意見を否定する者はいない。

使用人たちも皆、日菜子と同じ知識を持ち、日菜子の味方だった。

「それじゃあ、私の権利を名無しが脅かすのを危惧して、お祖父様は先手を打って策を講じていたのですか？」

「その通り」

「まあ！　すごいわ！　いったいどのような……!?」

「本来、呪詛破りは呪符を使って行うものだ。呪詛を結んだ者の名が呪符に浮かび上がる。しかし名無しの場合、呪詛を受けた数だけ、呪詛を結んだ者の名が肉体に直接刻まれておるだろう？」

「ええ。名無しの皮膚にいつも術者の姓名が火傷のように浮かび上がって」

「その姓名が重要なのだ。名無しには真名を剝奪した上で、呪符ではなくその背に術式を刻んでおるからな。あやつの皮膚は呪符と同じくまっさらな紙とみなされ、呪符と同じ効果を発揮するのだ」

そのかわり他者から向けられた呪詛の効果も、呪符の身代わりに生贄の娘に現れる。

「真名を剝奪し魂を握ったところで、神々の神域に隠されればひとたまりもない。しかし、肉体に他者の真名を刻めば刻むほど――……肉体をも〝名無し〟にできる」

「……あ、あれに、そんな効果があったなんて…………！」

「神域だろうが、名無しの魂と真名が肉体に還らなければ霊力は名無しに留《とど》まらず、霊力搾取の術式が優位に行使し続けられる。授受反転の術式は、そのすべての術式が永続的に行使されるための要《かなめ》というわけだ」

どれも難易度が高く、術者にとっても代価が大きい術式の組み合わせだ。それを永続的となると、さすがにこちらも寿命が尽きる。

だが、授受反転によってすべての術の負荷を名無しに背負わせることで、こちらには影響なくすべてが円滑に進む。

神々によって名無しが神域に隠されようと変わらず日菜子には霊力が届き、名無しは霊力の欠片もなく無能なまま。

それでは神々も『使えぬ娘だ』と辟易《へきえき》するだろう。

己の判断が間違っていたとさえ感じるはずだ。これは〈神巫女〉ではない、と。

そして本当の〈神巫女〉を――日菜子を見つけ出すはずだ。

住む家も生活費もなく、百花女学院を卒業してもいないため使用人としての働き口を探すこともできない名無しは、生きるためにまた春宮家に戻ってくるほかない。霊力の欠片もない、無能な、名無しの使用人としての存在価値にしがみつくしかないのだ。

名無しには、そうであってもらわねば困る。あれは生贄の娘なのだ。

昭正は醜悪な笑みを浮かべる。

「日菜子。霊力が安定しないと話していたな」

「はい」

「これを持っていなさい」

厳重に封兕を施していた木箱から、祖父が取り出したのは赤黒い血痕にまみれた一枚の紙。

術者の血によって術式が精密に書かれた中央には、

【春宮鈴】

と、記されている。

「これは？」

「――名無しの真名を封じた呪符だ」

「…………ッ！」

祖父の言葉は、異母姉の魂がこのたった一枚の紙きれの中にあることを示していた。

「これを、私に……？」

異母姉の魂のなんと儚いことか！

日菜子は唇が戦慄《わなな》いて勝手に弧を描くのを止められなかった。

「日菜子のそばに名無しを置くことで、霊力搾取の術式が百パーセントの力を発揮するのは明白。だが、本人がいないとなれば、魂をそばに置くしかあるまい。もう呪符を失くすような年齢でもなかろう。日菜子に預けておく。――有用に使え」

「ええ、ええ……！　大切に使いますわ……ッ！」

やはり自分こそが〈青龍の巫女〉に……――あの恐ろしいほどに美しい神の神嫁になるのだ！

番様として選ばれた名無しには、堕ち神の彼を浄化したあと速やかに退場してもらわねばならない。

これからは〈神巫女〉である日菜子だけが、〈青龍〉のたったひとりの妻として……甘く愛《め》でられながら、いつまでも幸せに暮らすのだから。

あの最悪な『巫女選定の儀』から三週間が経った日。

日菜子は新しい使用人を連れ、いつも通りの高慢な様子で百花女学院高等部のカフェテリアにいた。

「日菜子様、もう霊力のご不調は治られたのですか？」

「ええ。心配をかけたわね」

取り巻きの巫女見習いたちは互いに顔を見合わせながら、ホッとした様子で胸をなでおろす。

そんな日菜子たちの様子を、カフェテリアで過ごす巫女見習いの生徒全員が注目していた。

日菜子はまるで女優のように演技がかった仕草で、栗色の巻き髪を指先で耳に掛けながら声を張る。

「春宮家当主である祖父に聞いたら、やっぱり私が青龍様の〈神巫女〉だと判明したの」

その言葉に、カフェテリアの騒めきが増した。

「堕ちかけていた青龍様は、神気を浄化するための生贄として名無しを選んだだけに過ぎないわ。そして今度こそ、青龍様は私を選ぶの。――ふふっ、楽しみね」

日菜子の発言は、巫女見習いたちの様々な憶測を呼んだ。

そして噂だけがひとり歩きしていく。

(……春宮鈴。いいえ〝無能な名無し〟には、一生私の使用人でいてもらわなくちゃね……?)

百花女学院の寮にある自室で、華やかな容姿をさらに美しく磨きたてながら、日菜子は不幸な異母姉をクスクスと嘲笑った。

◇◇◇

真っ白な天井の下。

ベッドで昏々《こんこん》と眠り続ける己の番様の手を握りながら、竜胆は目を伏せる。

ふたりきりの病室を支配しているのは、点滴を繋がれた彼女の、心臓の脈拍を示す電子音と呼吸器の音だけ。

そんな中。竜胆を不安にさせる静けさを払うかのように、硬いノックの音が響く。

「竜胆、結果が出たぞ」

返事を待たずにドアを開き、颯爽《さっそう》と入ってきた白い羽織り姿の青年は、カルテを片手にベッドサイドへと近寄る。

勿忘草色の髪と瞳を持ち、高飛車な王子様を彷彿とさせる美貌を有する彼は、漣《さざなみ》湖月《こげつ》。

十二神将は凶将のひとり、水神〈玄武〉である。

形の良い唇の左下にあるほくろが知的で硬派な印象を与える彼は、竜胆と同じく神城學園高等部に通う三年生でありながら、神世で最も有名な大病院『漣総合病院』で神霊経絡科の特別研修医をしている。

通常の医学を扱う医師を目指す場合は、神世に住まう神々やその眷属であろうと現世の大学の医学部医学科に通い、人の子と同じ課程を経て医師免許を取得した後に臨床研修を受ける必要がある。

しかし、神霊経絡科となると話が少し変わってくる。

神霊経絡科は神気や霊力に関する病、怪異による難病などを治療する。

当然、普通の人の子の目には視えない分野なので、神霊経絡科の医師は大抵が神々の眷属、または〈神司〉や〈灑巫女〉の資格を持つ者に限られてくる。

その誰もが浄化の力が強く、穢れや呪詛が視えるのはもちろんのこと、神気や霊力の流れを色や数字といった様々な方法で視認できるほどに強い霊力を持つ。

基本的には神城學園大学医学部の神霊経絡学科に通い国家試験合格後に医師免許を取得するのだが、湖月の場合は〈玄武〉という神の本質と彼が持つ特殊な異能から、重篤な急患が運ばれて来た時のみ漣総合病院で特別研修医として、十二の神々である〈玄武〉にしかできない分野から医師たちのサポートに入っている。

漣総合病院を代々経営している漣家の、将来有望な跡取り息子なのだ。

彼が羽織っている着物のように袖の広がっている白い衣は、一般的な白衣ではなく神霊経絡科の医師がまとうもの。結界術を応用して紡がれた絹で織られた白衣だ。あしらわれた吉祥紋の組紐《くみひも》が縁起の良い紅ではなく黒なのは、水気《すいき》の五行に則っているからである。

現世の人の子からすると、少し受け入れ難いかもしれない意匠だ。

「……彼女は、大丈夫なのか」

「結果から言うと現在は肉体も精神も安定していて、問題はなさそうだね。ただ」

「……ただ？」

「僕も〈玄武〉として冥界を出入りしてみたけれど、彼女の魂は見つからなかった。やはりまだ春宮家の術者が握っているとみていい。早く奪い返せたらいいんだが」

湖月は幼馴染に検査結果が記された書類を手渡すと、ベッドサイドに置かれているバイタルモニターを確認する。

心拍数、呼吸数ともに異常はなく、波形も安定している。患者の呼吸音や顔色も正常に戻っており、肉体的には順調な回復が見て取れた。

竜胆は検査結果に目を通し、胸に詰めていた息を吐く。

遡《さかのぼ》ること三日前――。

神域内で意識を失った彼女を抱き上げて竜胆が向かった先は、神世にある神城學園高等部に隣接された学生寮。

そのひとつである〝黒曜寮《こくようりょう》〟の談話室に、突如として顕現《けんげん》した瘴気をまとう〈青龍〉を見て、黒曜寮内にいた眷属たちが騒然となったのは言うまでもない。

『っ、竜胆⁉』

そこに偶然居合わせた〈天后〉――夕凪四葩《ゆうなぎよひら》は、海色の瞳を大きく見開いて叫んだ。

毛先に向かって海のような色合いになっている淡い珊瑚色の長い髪をなびかせ、竜胆に駆け寄る姿は、スカートを穿《は》いている制服姿と相まって女生徒にしか見えない。

『なんでこんなところに顕現なんか……っ、じゃなくて、捜したんだよ⁉　今までいったいどこに行って――！』

言いたいことは山ほどあった。

けれど四葩は、竜胆の胸に抱かれた少女を目に留め、ハッとして口をつぐむ。

『竜胆の……！』

『――急患だ。〈玄武〉を呼んでくれ』

『ハ、ハイッ！』

『承知しましたっ！』

竜胆は四葩に小さく頷きを返すと、周囲に集まってきていた黒曜寮に所属している眷属たちに向かって声をかける。

即座に返事をしたのは、竜胆と同じく三年生である〈玄武の眷属〉と〈天后の眷属〉。

周囲にいた神々の眷属たちも、『急患です！』『今、漣総合病院へ連絡しています！』『一刻でも早く、玄武様にこちらへ来ていただけるよう伝えて！』と、自分たちができる範囲で素早く行動を始める。

竜胆の伝えた急患という言葉に直ちに対応できるのは、やはり命の源である水気を司る寮の特色だろう。

神城學園には五つの寮がある。

木気を司る〝翡翠寮《ひすいりょう》〟、火気を司る〝柘榴寮《ざくろりょう》〟、土気を司る〝琥珀寮《こはくりょう》〟、金気を司る〝金剛寮《こんごうりょう》〟、水気を司る〝黒曜寮〟だ。

五行に即した寮で、個人が持つ霊力や神気に合わせて寮分けされる。

たとえ〈青龍の眷属〉だとしても、水気を持って生を受けたのなら黒曜寮所属となる。

さらに各寮に伝統があり、様々な規則が存在している。

相容れない寮生同士の対立があったりもするが、ひとつ言えるのは、寮の性格は五行が持つ性質で決まるということだろうか。

『ストレッチャー、用意できました』

『ぼくが清める』

ストレッチャーの前に急いで跪いた四葩は素早く手を滑らせ異常がないか検《あらた》めると、両手をかざし、ストレッチャーを光り輝く清浄な気で満たしていく。

バタバタと黒曜寮の生徒たちが動き回るあいだ、竜胆の頭の中は彼女への心配で埋め尽くされていた。だが。

(冷静になれ……)

これから向かう場所を考えすうっと息を吸う。

神域で瘴気が溢れた時と比べたら、顕現時は他者に影響がないほどになっていた。けれども病院では微かな瘴気の気配さえも許されない。

春宮家への激《たぎ》る怒りを無理やり抑え、肉体にまとわりつくように滞留している瘴気に、神気を送る。

『っ……竜胆！　急患だって⁉』

白衣をまとった湖月が駆けつけてくるまで、たった数秒の出来事。

しかし竜胆が瘴気を抑え、すべて神気に転じさせるには十分な時間だった。

『ああ。――よろしく頼む』

『任せて』

竜胆は用意されたストレッチャーの上に、己の大切な番様を横たえる。

（本当は彼女をこの腕から手放したくない。もしも、このまま彼女が冥府へ連れて行かれてしまったら……そんな、最悪な想像がよぎってしまう）

けれど。

（俺にはなにもできない。……湖月と、湖月の信頼する部下に彼女を託すことしか）

このまみすみす彼女の命の灯火が消されるのを許してなるものか。

竜胆は己の番様の手を握る。

その間にも湖月が彼女の容態を確認する。

彼が二本の指に挟んでいた呪符に『ふっ』と息を吹きかけると、漣家に代々伝わる呪禁《じゅごん》が彼女を取り巻き、特殊な結界が構築されていく。

その横で、湖月とともに到着していた看護師資格を有す三人の〈灑巫女〉――神霊経絡科の医師を補佐する立場で患者の浄化にあたることが可能な、〈準巫女〉の中でも強力な浄化の力を持つ国家資格者――が、緊迫した面持ちで、彼女に酸素マスクやモニター装置を次々に装着していった。

『患者様の緊急搬送、開始します』

〈灑巫女〉たちがストレッチャーに手をかけ、足先を前方にして移送していく。

(どうか、堪えてくれ)

竜胆は横たわる彼女の手を握りしめたまま、咒禁が取り巻くストレッチャーを押しながら走る湖月たちと並走する。

(あと少しだ)

息もできないほどの緊迫感の中、竜胆は黒曜寮と外界を繋ぐ、冷麗《れいれい》とした水簾を潜《くぐ》ったのだった。


そうして、漣総合病院に到着後。

すぐに入院となった彼女は——……三日三晩、眠り続けている。

治療を施され回復傾向にあるとは言え、やはり真名と魂が春宮家に握られているとなると気が気ではない。

(急いては事を仕損じる)

竜胆は彼女の白磁のような左手をそっと握り、そのぬくもりを感じて目を伏せた。

そんな姿をじっと見つめていた湖月は、少し驚いていた。

冷酷無慈悲で人嫌いな幼馴染の、こんなに弱々しい姿を見たのは初めてだからだ。

『巫女選定の儀』でも氷晶の異能を使い、あっという間に風景を変えてしまっていた。

あの青い世界の中では、竜胆に抱かれていたこの少女以外の人の子たちは、立って息をするのもやっとだったに違いない。

愛しい番様にしか配慮しない、冷酷無慈悲で、人の子を嫌う性格がどうやって形成されていったか知っている者としては、その振る舞いに反対はしない。が、時にその高すぎる神格と皇帝然とした神気に気圧《けお》されてしまうのは事実だった。

「けれど竜胆。君の落ち度をあえて指摘するなら、神域の時間軸は神世と現世とはまったく異なるのを忘れていたことだ」

湖月は幼馴染として、眉を吊《つ》り上げて竜胆を睨む。

「君の神域ではたった一時間程度の出来事でも、こちらでは一ヶ月も経過しているんだぞ。その分、こちらに戻った時には人の子の肉体に負荷がかかる」

そう。すでに『巫女選定の儀』で湖月が竜胆とともに現世に降り立った日より、一ヶ月以上が経過している。

桜はとうの昔に散り、季節は初夏を迎えていた。

か!?」

「忘れていないだって？　まさか君は、神域からこちらへ帰ってくる気がなかったの

（神域という安全な箱庭で、すべてを取り戻した彼女を骨の髄まで甘やかしたいとは考えていたが……神世へ一度も戻らないつもりでは――）

いたかもしれない。

「……だから最初に〝番の契り〟をしただろう。あれで彼女は〈青龍の番様〉として、神域で過ごしたことによる負荷はゼロだったはずだ」

「そ、……っ！」

湖月はひと月前に見た、幼馴染と彼の番様だという少女の口づけを思い出し、羞恥心で顔を真っ赤にする。

〝番の契り〟とは、自らの神気を口移しで相手へ吹きこむ行為だ。

竜胆の番様が竜胆の神気をまとっていればいるほど、彼の神域内での負担が減る。

神域に一ヶ月も滞在したというのに負荷がゼロだったのだとしたら、それはつまり……それほど濃厚な口づけをしたという意味で。

問題はそれだけではない。

「……まさかとは思うが、僕たちを信頼してないわけじゃないだろうな⁉」

湖月からして見れば、あの時の竜胆の行為は、己の番様への愛情と執着、それから独占欲と所有欲をどろどろに煮詰めた劇薬とも言えそうな感情を、見せ付けられながら牽制されたようなものだった。

「言わなくてもわかるだろう。あの〈白虎〉の双子は信頼できない。――朱雀もだ」

訳あってあの場にはいなかった〈朱雀〉と竜胆は犬猿の仲だ。

そして現世で芸能活動をしている〈白虎〉の双子は、裏表のある性格で気性が激しい。他人のものを欲しがりそうなタイプでもある。

「だからって、あんな大勢の前でする必要ないだろう！　だいたい僕らはまだ学生なんだぞ！〝番の契り〟なんて、あんな、破廉恥な――っ」

「湖月。静かにしてくれ。彼女の呼吸がせっかく安定してきたところなんだ」

「……っ！　す、すまない」

慌てて口をつぐみながら、湖月は「今後は彼女にかかる負荷を考えた方がいい」と声を落とす。

「今回はあの時の〝番の契り〟と神域の滞在時間が運良く等しく作用したのかもしれないけれど、神域内の時間にして一週間も滞在しようものなら、場合によっては彼女の年齢に誤差が生じる可能性だってあるんだ」

今後も竜胆の神域の時間の流れに変化がなく、一時間が一ヶ月間に相当するのなら……神世や現世で十年を超える時間と代価を等しくするためには、一度の口づけで済むわけがない。

幾度となく、何度でも神気を口移しせねばならないだろう。

そこに老いも、病も、穢れもないというのは、人の子がその箱庭の主である神と正しく契った時のみだ。

しかも現世の理において人の子の寿命を超える神域の滞在には、神世や現世に降りた時に死という残酷な負荷が発生する。

残酷な負荷を発生させないために番様を己の神気で満たすには、身体を重ねるほかない。

竜胆がそこまで長期間の滞在を考えていなくとも、神域で行う正しい〝番の契り〟がなんたるかを知る湖月には、医療に携わる特別研修医としても竜胆に注意したいことが山のようにあった。

けれども、羞恥心が勝ってしまい、咳払いをしつつ「とにかく」と言葉を濁すしかない。

「学生の本分は勉学に励むこと！　神域はしばらく出入り禁止だからね」

「湖月に言われずともそのつもりだ。今の彼女では神域の負荷に耐えられない」

「もし、彼女が回復したとしても、だ！」

失礼な。これでも理性は強い方だ。と、でも言いたげに竜胆はため息を吐く。

「はあ……。わかってる。合意なしに理性のない獣になるつもりはない」

眉根を寄せて不服そうに告げた竜胆に、「それならいいけれど」と湖月は胡乱《うろん》げな様子を隠さずに言う。

「それから検査結果に書いている通り、彼女の肩の下から背中、そして腰にかけて、見たこともない術式を含んだ複数の呪術式が肌に直接刻まれているのが見つかった」

竜胆はハッと息を呑む。

（そんなに広範囲に及んでいたのか……！　いったいどれほど、苦しかっただろう）

彼女の苦しみを想像するだけで、腑《はらわた》が煮え繰り返る。

（………………待て）

「……それは湖月も見たのか？」

「馬鹿！　僕は見てない！」

湖月は顔を真っ赤にして再び怒る。

「君ってやつは、幼馴染をよくそんな射殺しそうな目で見られるな……。他の患者で必要な場合は見せてもらうけれど、君の子だからね。僕が見たのは写しだ。一応伝えておくと、検査をしたのはすべて彼女の主治医になった女性医師と〈灑巫女〉の看護師だからね」

「そうか」

　湖月は白衣の下に着ているシャツのネクタイの結び目を直しながら、「まったく、君の独占欲は厄介すぎる」とぼやく。

　それでも配慮してしまうのは、やはり同じ十二神将という神だからだろう。

　湖月にはまだ番様も〈神巫女〉もいなかったが、もしも見つかったら竜胆と同じようになるだろうと、なんとなく想像がついていた。

「検査結果をまとめた書類の最終ページにあるその術式は、三日前に専門機関に提出して今朝ようやく解読結果が受け取れたんだ。ひとつずつ説明していくと」

「真名剝奪、霊力搾取、呪詛破り、そしてもうひとつは……この文字と紋様の羅列から考えると、授受反転と言ったところか」

　竜胆はさらりと読み解きながら、「しかも苧環家の家紋まで組み込まれているとなると、この授受反転の術式は苧環家が開発した苧環家の血筋の者だけが使役できる秘術だろうな」と忌々しげに術式の写しを睨みつける。

「……さすが竜胆。そんなに早く読み解くのなら、最初から竜胆に任せた方が早かったな」

疲れた様子の湖月は肩を落として、「全部正解だ」と告げる。

「代々霊力が清らか過ぎて呪術に向いていない春宮家が施したにしては、複雑で悪意に満ちた組み合わせだと専門機関の担当者も話していたよ。やっぱり、苧環家が一枚嚙んでるとみていいかもしれないね」

「ああ。真名剝奪と呪詛破りを掛け合わせようなんて、よほど呪術に傾倒した者でなければ考えつきもしない。そこに霊力搾取を重ねがけ、さらに授受反転を施して代価の責任逃れとは。卑劣な犯行としか言いようがないな」

竜胆は彼女を苦しめていた呪詛の正体を知り、再び愚かな人の子への怒りがふつふつと沸いてくるのを感じて、ぐっとこぶしを握りしめる。

湖月は昏々と眠る春宮家の長女を見つめながら、

「残念だけれど、背中の術式に関して神霊経絡科ではこれ以上の治療はできない。すべての術式を正しく解いて痕を消すには、彼女の真名が刻まれた呪符を取り戻してからになるかな……」

と言うと、痛ましげな表情をして唇をつぐんだ。

背中に刻まれていたのは、真名剥奪を中心として編まれた非常に卑劣な術式だ。

他のものから解こうにも、魂に障《さわ》りが出る可能性がある。

それでなくても、真名を封じた呪符が春宮家に握られているのだから、こちらも慎重に動く必要性があった。

「それから。君が応急処置で彼女の呪詛の一部に神気を流していたから命は助かったけれど、他の場所にも刻まれている他者の真名もすべて同じ方法で消し去るには、君が相当な穢れを受けることになる」

「穢れくらい、いくらでも引き受けるつもりだ」

「馬鹿！　自分の穢れで神が寿命を縮めたと知ったら、悲しむのは君の子だぞ！」

他者の真名が刻まれていた鈴の肌は、侵蝕度の深い穢れの切除を専門とする神霊経絡科の女性医師と看護師資格を持つ〈灑巫女〉たちによって、すでに三日間をかけて清められている。

まだ五割程度であるが、焼け爛れたような傷痕が綺麗に浄化された素肌は透き通るように白く、本来の美しさを取り戻しつつあった。

「君はそれでなくても堕ち神として瘴気を帯びやすいのだから、穢れにはあまり触れないようにしてくれないと。今後の治療も、引き続きうちに任せるように」

「……………わかった」

「なんにしろ、君の子が見つかってよかった」

湖月は今までいからせていた眉を、やわらかく下げる。

物心がついた時から、湖月の一番近くにいたのは竜胆だった。

竜胆が自身の番様を人の子の手により奪われて堕ち神となり、誰よりも苦しんで生きることになったのを一番間近で見てきた神もまた、湖月だろう。

がらんどうな瞳に仄暗い怒りを灯して、絶望の闇を歩く彼に、何度も手を伸ばそうとした。

だけど番様を見つけたことも、失ったこともない自分の言葉など彼には届かなくて。

人の子を毛嫌いするようになった彼と自分のあいだには、それまではなかったはずの目に見えない壁ができていた。

それでも、初等部の頃にはもうひとりの幼馴染である〈天后〉の四葩と一緒に連れ立って、がらんどうな瞳で生きる竜胆を少しでも励まそうと、『百花の泉』に通ったこともある。

泉に浮かぶ赤い牡丹の花を複雑な表情で手に取っては、無言でぐしゃりと握り潰し粉々にしていた竜胆の心情を理解できず、幼心に恐ろしいと思った日もあった。

……けれど。

幼い頃は気弱な泣き虫でいじめられっ子だった自分に、何度も手を差し伸べてくれたのもまた、誰よりも強く気高い竜胆だった。

湖月が高等部を卒業する前に特別研修医になろうと決意したのも、なにかの時に幼馴染を少しでも助けたかったからだ。

――〈青龍の番様〉、か。

その存在は、湖月にとっても大きく、なぜだか胸の奥底をあたたかくする。

湖月と竜胆のあいだに存在していた見えない壁は、もうない。

「……竜胆。僕はもう行くけど、なにかあった時はすぐにナースコールを押すように」

「ああ。恩に着る」

竜胆はもう湖月へと視線を向けずに、ベッドの上で眠る鈴の手を握る。

そんな幼馴染に呆《あき》れた思いを抱きつつ、湖月は眉を下げてふっと優しげな笑みを浮かべ、この三日間で通い慣れてしまった病室を出た。

再びふたりきりになった病室は、点滴を繋がれた鈴の心臓の脈拍を示す電子音と呼吸器の音だけになる。

『怪異や呪詛で苦しんだ患者様が意識を失ったあと、回復傾向にあっても、目覚めるかどうかは患者様次第になります。あとは彼女の生きたいと思う心に懸けるしかありません』

主治医となった女性医師からはそう説明されていた。

「……どうか、帰ってきてくれ」

眠り続ける鈴の手を握りながら竜胆は目を伏せ、彼女が一刻も早く目覚めるようにと、彼女の身体の負担にならないよう少しずつ神気を流しながら祈り乞う。

竜胆も湖月も諦めてはいなかった。

しかし多くの患者を見てきた医師や〈灑巫女〉たちは、この手の患者が目を覚ますのは難しいと考えているようだ。

竜胆は飲食も睡眠も必要とせず彼女に付き添い、己の番様に神気をまとわせる。

彼女は治療のために一日のうちの数時間は別室へと移されたが、その間も竜胆が食事を摂り眠ることはなかった。

そんな日々が続き、彼女が入院してから七日間が経過した。

入院着から覗《のぞ》く点滴に繋がれている腕は、いまだ儚くぽきりと折れそうだが、すべての治療を終えていた。

（このまま神域に連れ去れたとしたら――）

神域の強制力が働き、彼女の魂を手にできる。

今度こそ真名も正しく奪い返せるだろう。

ただこんな状況だ。一週間も寝たきりの彼女の肉体へかかるかもしれない負担を考えると、予後が悪くなってしまうかもしれないという不安に苛まれる。

（……それに。あの時の彼女の表情が忘れられない）

呪詛の穢れが残る左手の甲の傷痕に唇を寄せた時の、長い睫毛に縁取られた大きな瞳が溶けてしまいそうなほどに涙を浮かべた彼女の表情が。

『……やっ、やめて、ください……っ、竜胆、様………』

彼女は、はらはらと儚く涙し懸命に声を振り絞って竜胆を拒絶した。

怖がらせ、怯えさせてしまった彼女に再び〝番の契り〟を強いるのは、あまりにも無情というもの。

竜胆自身、己が冷酷無慈悲と噂されているのは知っているが、それは人の子に対して相応な態度を取っているだけであり、そこに悪意もなければ善意もない。

だが己の番様の前だけでは、殊更《ことさら》に誠実で慈悲深くありたい。

それが神であり、ひとりの男としての性《さが》だろう。

彼女をこの世の誰よりも大切にしたいという想いが、竜胆の決断を鈍らせる。

それに加えて……彼女がこれほどに苦しめられ、虐げられ、嬲《なぶ》られ、搾取され続けられていたとわかった以上、彼女を神域に連れ帰って真名を取り戻し、己の加護を与え春宮家から守るだけではなにも終わったことにはならないと、飢えきった本能が咆哮《ほうこう》を上げている。

(神の番様を害するとはどういう意味を持つのか、——愚かで傲慢なあの一族に教えてやらねばならないな)

因果応報。真に代償のない呪術など存在しない。

神を前にした時、人の子は代価からも責任からも、逃げられはしないのだ。

その時。ふと、竜胆が握っていた鈴の手のひらに、きゅっと弱々しいながらも力がこもる。

竜胆は瞠目《どうもく》し、彼女の手をぎゅっと握り返す。そして。

「…………ん……」

小さな音が、薄く開いた唇から零れた。

それは、もう何日も聞いていなかった大切な少女の、どこか心細そうで儚い音色を持つ可憐な声。

「…………………っ」

竜胆は彼女の名前を呼びたい衝動に駆られ口を開くが、呼びかけるための真名を知らなければ呼吸音がもれるだけ。

酷く悔しい感情に圧《お》し潰されながら、「どうか、起きてくれ」とただただ懇願する。

すると願いが通じたのか、彼女はゆっくりと両の瞼を開いた。

天井のライトに眩しそうに目を細め、そして大きな黒い瞳が竜胆を映す。

「………りん、どう、……さま？」

竜胆は思わず溢れ出しそうになった涙をぐっとこらえると、「ああ」と彼女の呼びかけに短く返事をする。

その声が、自分でも聞いたことのないような穏やかな音色だったことに少し驚くも、竜胆はそのまま青い双眸をやわらかく細めた。

「おかえり、俺の大切な番様」

〈つづく〉

＜初出＞

本書は、カクヨムに掲載された『龍の贄嫁～虐げられた少女は運命の番として愛される～』を加筆・修正したものです。

メディアワークス文庫

龍《りゅう》の贄《にえ》嫁《よめ》〈上《じょう》〉

碧《あお》水《み》雪《ゆき》乃《の》

2024年12月25日　初版発行

発行者　山下直久
発行　株式会社KADOKAWA
〒102-8177　東京都千代田区富士見2-13-3
0570-002-301（ナビダイヤル）
装丁者　渡辺宏一（有限会社ニイナナニイゴオ）
印刷　株式会社暁印刷
製本　株式会社暁印刷

●お問い合わせ
https://www.kadokawa.co.jp/（「お問い合わせ」へお進みください）
※内容によっては、お答えできない場合があります。
※サポートは日本国内のみとさせていただきます。
※Japanese text only

※定価はカバーに表示してあります。

Printed in Japan
ISBN978-4-04-915774-1 C0193

メディアワークス文庫　https://mwbunko.com/

本書に対するご意見、ご感想をお寄せください。

あて先
〒102-8177　東京都千代田区富士見2-13-3
メディアワークス文庫編集部
「碧水雪乃先生」係

だって望まれない番ですから1

一ノ瀬七喜

竜族の王子の婚約者に選ばれた、人間の娘——壮大なるシンデレラロマンス！

番（つがい）——それは生まれ変わってもなお惹かれ続ける、唯一無二の運命の相手。

パイ屋を営む天涯孤独な娘アデリエーヌは、竜族の第三王子の番に選ばれた前世の記憶を思い出した。長命で崇高な竜族と比べて、弱く卑小な人間が番であることを嫌った第三王子に殺された、あの時の記憶を。再び第三王子の番候補に選ばれたという招待状がアデリエーヌのもとに届いたことで、止まっていた運命が動きはじめ——。やがて、前世の死の真相と、第三王子の一途な愛が明かされていく。

メディアワークス文庫

ワケあり男装令嬢、ライバルから求婚される〈上〉
「あなたとの結婚なんてお断りです！」

江本マシメサ

既刊2冊
発売中！

“こんなはずではなかった！”

偽りから始まる、溺愛ラブストーリー！


利害の一致から、弟の代わりにアダマント魔法学校に入学することになった伯爵家の令嬢・リオニー。

しかし、入学したその日からなぜか公爵家の嫡男・アドルフに目をつけられてしまう。何かとライバル視してくる彼に嫌気が差していたある日、父親から結婚相手が決まったと告げられた。その相手とは、まさかのアドルフで——⁉

「さ、最悪だわ……！」

婚約を破棄させようと、我が儘な態度をとるリオニーだったが、アドルフは全てを優しく受け入れてくれて……？

メディアワークス文庫

氷の侯爵令嬢は、魔狼騎士に甘やかに溶かされる

越智屋ノマ

孤独な氷の令嬢と悪名高い魔狼騎士——
不器用な2人の甘やかな日々。

こんな温もりは知らなかった。あなたに出会うまでは——。

生まれながらに「大聖女」の証を持つ侯爵令嬢エリーゼ。しかし、自身を疎む義妹と婚約者である王太子の策略によって全てを奪われてしまう。

辺境に追放される道中、魔獣に襲われ命の危機に瀕した彼女を救ったのは、その美貌と強さから「魔狼」と恐れられる騎士・ギルベルトだった。彼は初めて出会ったエリーゼの願いを真摯に受け止め、その身を匿ってくれると言う。

彼の元で新しい人生を送るエリーゼ。優しく温かな日々に、彼女の凍えた心は甘く溶かされていくのだが……。